楢崎先生んちと京橋君ち

Michiru Fushino
椹野道流

JN282498

CHARADE BUNKO

Illustration

草間さかえ

CONTENTS

本作品の内容はすべてフィクションです。
実在の人物、団体、事件などにはいっさい関係ありません。

第一章　まさかのふたり

ある日の、午後五時過ぎ。

机の上の携帯電話が振動しているのに気づき、京橋《きょうばし》珪一郎《けいいちろう》はデスクワークの手を止めた。

液晶画面に表示されているのは、彼のパートナーである茨木《いばらき》畔《くろ》の名である。

（珍しいな。茨木さんが仕事中に電話してくるなんて）

「もしもし？」

『お仕事中なのに、すみません。今、少しだけいいですか？』

「いいけど、十秒待って」

携帯電話を耳に押し当てながら、京橋は席を立った。医局で仕事中の同僚の邪魔にならないように、足早に部屋を出る。

誰もいない廊下の端っこまで歩きながら、京橋は心配そうに問いかけた。

「茨木さん？　何かあったのか？」

『いえ、何というわけではないのですが……。実は今日、職場で少々厄介な問題が持ち上がりまして』

「厄介な問題？」

廊下の突き当たり、大きな窓にもたれて、京橋は優しいアーチを描く眉《まゆ》を軽くひそめた。

夕方になり、コンタクトレンズがゴロゴロし始めてやや不快な目を擦《こす》りかけ、あやういところで思いとどまる。

『ええ、あくまでも少々、なんですが』

茨木は、あまり物事を大袈裟《おおげさ》に言うほうではない。むしろ、どんなことでもフラットなテンションで言う癖があるので、大事なことを言っているのにさらりと聞き流してしまい、あとになって気づいて慌てる……という経験を、京橋は何度もしている。

つまり、そんな茨木が「少々厄介」という言葉をあえて口にしたということは、おそらくとてつもなく深刻な事態になっているということだろう。

「どうしたんだよ。何があった？」

自然と、京橋の声には不安の色が増す。だが携帯電話越しに聞こえる茨木の声は、いつもと変わらずのんびりとしていて、しかも笑みまで含んでいた。

『大丈夫、僕自身に何かあったというわけじゃありませんよ。職場で、業務上の問題です。

そんなに心配しないでください』

「それって、仕事でトラブルがあったってことだろ？　心配だよ。もちろん、俺が心配しても仕方ないことかもしれないけど、ホントに大丈夫か？」

『大丈夫です。ただ、その問題についての緊急会議がありますので、帰りが遅くなります。食事を用意できないので、申し訳ありませんが、外で食べて帰っていただくなり……』

「そんな心配しなくていいよ。適当に、何か買って帰る。茨木さんは？　夕飯どうする？」

『そうですねえ。たぶん同僚と食べて帰ることになると思いますので、僕のことはお気になさらず』

「わかった。俺だって大人なんだから、茨木さんがそんなことまで心配しなくていいよ。仕事、頑張って。あ、でもあんまり無理しない範囲で」

　京橋がそう言うと、茨木の声がいっそう和らいだ。

『はい。あなたにそう言っていただくと、なんでもできそうな気がしますよ。愛の力は偉大ですね。では』

　こんなときでも、茨木は甘い言葉を添えることを忘れない。しかも「バカ」と言う前に通話を切られ、京橋はなんともいえない顔で、沈黙した携帯電話を見下ろした。

「ったく、余計なこと言わなくていいのに」

　苦笑いしつつも、京橋の童顔からは不安の色が消えない。

京橋が怒るので最近は改善傾向にあるとはいえ、茨木は生来、秘密主義であり、強がりでもある。恋人を心配させるようなことは基本的に言いたがらないし、激務で疲れていても平気な顔を保とうとする。だから京橋としては、言葉の端々から本心を読みとろうと、いつも苦労の連続なのだ。

「とはいえ、仕事のことを詮索《せんさく》するのもな。……うう、それもこれも、茨木さんの『大丈夫』が信用できないからいけないんだよ」

窓に軽く背中を預けたまま、京橋は小さく嘆息した。

京橋自身は、K医科大学耳鼻咽喉科に勤務する医師である。去年の春、アメリカ留学から戻り、今は、日常業務の傍ら、所属する研究班「アレルギーグループ」で、花粉症の研究に勤《いそ》しむ日々だ。

一方、恋人の茨木のほうは、去年まで医大で売店の臨時店長をしていた。重病の父親がK医大に入院しており、常に傍《そば》にいたいがために本来の職を辞し、アルバイト生活を送っていたのである。京橋に出会ったのは、その売店で、臨時店長と客としてだった。

父親の死後は、元の職場であるカリノ製薬サプリメント研究開発部に戻り、研究者として活躍している。

二月に、元のアパートを引き払った茨木がマンション暮らしの京橋宅に越してきて、二人は同居生活をスタートさせた。二人とも同棲《どうせい》は初めての体験で、まだまだ互いに手探り状態である。京橋が少しばかり心配性になるのも、無理からぬことだった。

「まあいいや。とにかく、仕事に戻ろう」

気持ちを切り替えるように声に出してそう呟《つぶや》き、京橋は携帯電話をケーシーの胸ポケットに突っ込んだ。そして、春とはいえ肌寒い通路に身震いしながら、医局に戻っていった。

その日の午後八時過ぎ。

茨木がいないのならと、居残りで論文執筆をしてから帰途についた京橋は、駅からマンションに続く道で、元気な声に名を呼ばれて振り返った。

見れば、コンビニエンスストアから出てきたばかりの大柄な人物が、こちらに向かってぶんぶんと手を振っている。

「やあ」

それが、間坂万次郎《まさかまんじろう》と気づいた瞬間、京橋の顔には自然と笑みが浮かんだ。

万次郎は、K医大近くの昔ながらの定食屋「まんぷく亭」の店員であり、京橋の先輩である楢崎千里《ならさきちさと》宅の居候でもある。

留学当初、海外生活が初体験の京橋は、同時期に留学していた楢崎にずいぶん助けられ、弟分として可愛《かわい》がられていた。その縁が帰国してからも続いていて、共に出掛けたり、食事をしたりする機会が時々ある。

　そんなとき、京橋は恋人である茨木と一緒に行くし、楢崎は万次郎を連れてくる。楢崎も万次郎も、万次郎は「居候」だと言い張るのだが、実際は恋人関係であるのは誰の目にも明らかだ。

「今、帰り？　今日は遅いんだね、京橋先生」

「うん、今日は茨木さんが仕事で遅くなるらしくてさ。それならって、思い切り残業してきちゃった。ほら、いつもは夕飯作ってくれてるのに、待たせちゃ悪いと思うからさ」

　京橋がそう言うと、万次郎は屈託なく笑って「優しいなあ」と言い、ぶら下げていたコンビニ袋を持ち上げてみせた。

「俺も、今日は楢崎先生が、仕事のなんだっけ……接待？　それで夕飯いらないって言うから、暇だしコレ買いに来たんだ」

　半透明の袋からは、少年漫画の週刊誌が透けて見えている。高校時代から、京橋にも馴染《なじ》みの雑誌だ。

「俺もそれ読むよ。誰かが買ってきて、医局に置いてるから。……そっか、間坂君も、今日はひとりなんだ。やっぱ、楢崎先輩が家にいるときにマンガ読んだりしたら、怒られる？　隠れて読んでんの？」

　そんな京橋の質問に、万次郎はあっけらかんと答えた。

「前は確かにそうだったけど、最近は、俺がソファーに置きっ放しにしてたマンガ、パラパラ読んで笑ってたりするよ」

「ホントに？　あの楢崎先輩が？」

「ホントホント。だから今日も、読み終わったら、片づけ忘れたふりして置いとくんだ。きっと、先生も続き読みたいと思うから」

微笑《ほほえ》ましい万次郎の配慮に、京橋は笑みを深くした。そんな京橋の手元に視線を落とし、万次郎はギョロ目をもう一回り大きくした。

「だったら京橋先生、今日、ご飯ひとり？　もうどっかで食べてきた？」

京橋は、苦笑いでかぶりを振った。

「ああ、いや、まだ。ひとりで店に入るのも面倒だし、何か買って帰ろうと思ったんだけど、ここんとこずっと、茨木さんが食事作ってくれてるだろ。迂闊《うかつ》に舌が肥えちゃったのか、弁当とか見てもピンと来なくてさ」

「ああ、わかるわかる。楢崎先生も、似たようなこと言ってた。それで？　何買ったの？」

「結局、豆腐一丁だけ。これといって、食べたいものも思いつかなくて。まあ、冷凍のご飯があるから、冷や奴《やっこ》とご飯で適当に……」

「駄目だよ、そんなの。晩飯はちゃんと食べないと、一日の終わりに虚《むな》しくなっちゃうじゃん」

万次郎は、やけにきっぱりとそう言い、間髪を入れずこう続けた。

「その豆腐で何か作ってあげるから、うちにおいでよ。うちっつか、楢崎先生んちだけど」

いかにも居候らしく律儀にそんなことを言う万次郎を面白く思いながら、京橋は遠慮しようとした。

「いや、悪いよ。だって間坂君は、もう晩飯済んだんだろ？」

だが万次郎は、半ば強引に、京橋の手から豆腐とビールの入ったビニール袋を奪い取った。

「済んだけど、京橋先生はまだなんじゃん。それがわかっててこのまま別れちゃったら、俺が楢崎先生に怒られるよ。チロを腹ぺこのままで帰すとは何ごとだ馬鹿者！　って」

意外と上手い万次郎の口真似《くちまね》に、京橋は思わず噴き出した。

「間坂君の作ってくれる飯は旨《うま》いから、ありがたいけど……本当にいいのか？」

「いいっていいって！　俺、料理は仕事でも趣味でもあるからさ。これもチャレンジだよ！　そうと決まったら、早く帰ろう！」

万次郎はウキウキした足取りで、マンションに向かって歩き出す。もう、豆腐で何を作るかを考え始めているらしい。

「ああ、せめて荷物は自分で持つって、間坂君！」

「いいよ、こんなの。ほら、早く行こうよ！　腹減ったでしょ」

「いや、そんなに死ぬほど飢えてるわけじゃないから、ゆっくりでいいよ！　ゆっくり！」

早くもすっかり万次郎のペースに巻き込まれ、閉口しながらもどこかワクワクした気持ちで、京橋は大股《おおまた》に歩いていく大きな背中を追いかけた。

「いらっしゃい！　ナイスタイミングだったね。今、もう仕上げるとこ」

自宅でシャワーを浴びてから楢崎宅へ行くと、エプロン姿の万次郎は、そんな言葉で出迎えた。

実際、ダイニングのテーブルには、すでに何品か料理が並んでいる。

同じマンション内なので、風呂上がりのジャージ姿で楢崎家を訪れた京橋は、その豪華さに、思わず眼鏡《めがね》のフレームを押し上げた。

「おいおい、間坂君。俺、豆腐一丁しか持ってきてないのに。こんなの、凄《すご》すぎないか？」

「ふふ、豆腐一丁、使い切り大作戦だよ。ほら、座って」

キッチンから持ってきた麻婆豆腐《マーボーどうふ》の皿を仕上げにセンターに据え、万次郎は自分からテーブルについた。京橋も、予想を遥《はる》かに超える豪勢な食卓に、いくぶん気後れしながら椅子《いす》に腰を下ろす。

万次郎は、料理を一つずつ指さしながら説明した。

「豆腐とえのきの味噌汁《みそしる》、麻婆豆腐、わかめと豆腐と大根の和風サラダ、あとこれは、うちにも木綿豆腐がちょこっと余ってたから、豆腐ステーキ。青ネギとしめじも一緒に焼いて、甘辛味のタレをかけてあるよ。さっ、召し上がれ！　俺もちょっとお相伴しよっと」

万次郎の前にも、小皿にちょっとずつ料理が盛り分けてある。それが、ひとりで食べるのは気詰まりだろうという自分への配慮だと気づいて、京橋は持参のビールを二つのグラスに注《つ》ぎ分けた。

「じゃ、ささやかなお礼で、ビールは俺の奢《おご》り。ありがとな、間坂君。乾杯」

「かんぱーい！」

万次郎は、元気よくグラスを合わせ、いかにも旨そうに半分ほどを一気に飲み干した。

「はー、ひとりのときはお酒飲まないんだけど、やっぱ夜のビールって旨いね」

「確かに。一日が終わったって気分になるな。いただきます！」

早速箸《はし》を取り、京橋はまずは味噌汁、そして豆腐ステーキを口にした。麻婆豆腐は、万次郎に勧められるまま、ご飯に載せて頬張《ほおば》る。

「旨い！ どれも滅茶苦茶《めちゃくちゃ》旨い。豆腐ステーキさ、中はふわっとしてるのに、外側がタレをかけてもカリカリしてるのはどうして？」

「それはさ、豆腐を電子レンジで軽く水切りして、片栗粉をまぶしてから、たっぷりめの油で焼くからじゃないかな。茨木さんならもっとちゃんと説明できるんだろうけど、薄い衣ができて、それがカリカリしてるんだよね」

「ああ、なるほどなー。片栗粉だから、タレもよく絡むのかな」

「そうかも。これ、楢崎先生もお気に入りなんだ。ヘルシーだし」

「うん、さっぱりして、旨いよ。青ネギがよく合うな」

望外のご馳走《ちそう》を、京橋はすっかりリラックスして味わった。万次郎も、もりもりと料理を平らげる京橋を見て、嬉《うれ》しそうにしている。

「そういえばさ、京橋先生とこんなふうに二人で飯食うの、初めてじゃない？」

万次郎に言われて、京橋もふと箸を止め、「ああ」と軽い驚きの声を上げた。

「そう言われればそうだな。楢崎先輩と三人ってのは何度かあったし、最近では茨木さんも入れて四人で食事することは多いけど、間坂君と二人ってのはなかったよな？」

「うんうん、なかった。ふふふ、初二人きり～。茨木さんに怒られちゃうかな」

そんな冗談を言って、万次郎は屈託なく笑う。京橋も、「まさか」と苦笑いした。

「確かに茨木さんは時々心が狭いけど、そして実際、楢崎先輩にはしょっちゅう妬《や》いてるけど、たぶん間坂君に嫉妬《しっと》はしないと思うよ」

「そう？　俺、そんなに魅力ない？　それとも、ガキだから嫉妬対象外？」

太い眉尻《まゆじり》を下げ、万次郎は情けない顔をする。京橋は、辛いものが苦手な彼に合わせて、ほんのピリ辛に仕上げた麻婆豆腐をご飯にたっぷりかけながら、慌てて否定した。

「違う違う、そういうことじゃないって」

「じゃあ、どうして？」

「んー。表現が悪いかもだけど、間坂君は忠犬タイプっていうか……あからさまに楢崎先輩一筋すぎて、他の人間に心が動くことなんか、誰も想像できないよ。だから」

「あー！　それはそうだよなっ」

万次郎は、ポンと手を打った。その造作の大きな顔からは、拭《ぬぐ》ったように不安の色が消える。

「楢崎先生より、綺麗《きれい》で賢くて可愛くてかっこいい人なんか、この世にいるわけないもんね！」

「あー……う、うん、間坂君にとってはそうなんだよね。ふふ、なんだかいいなあ。そんなふうに想《おも》われてる楢崎先輩は、幸せ者だな」

「そっかなー。しょっちゅう、大袈裟だのめんどくさいだのかさばるだのうるさいだの、文句ばっかかし言われるよ？」

「照れ隠しだよ、そんなの。……ええと、ちょっとだけご飯もらってもいいかな。麻婆豆腐がまだ残ってるから」

「うん、いいよ。どんどん食べて」

「ああいや、軽くでいいよ、ごく軽くで！」

万次郎はすぐに茶碗《ちゃわん》を受け取ってキッチンへ行き、彼なりの「軽く」、すなわち「普通盛り」のご飯を持って戻ってきた。茶碗を京橋に手渡しながら、ふと思い出したように訊《たず》ねる。

「そういやさ、あれからは、茨木さんとケンカはしてない？」

うぐっ、と、京橋の喉《のど》が奇妙な音を立てた。

「うっ、そ、その節はお世話になりました……」

そう言う声にも、顔にも、困惑の色が濃い。

数ヶ月前、茨木と京橋は些細《ささい》なことで仲違《なかたが》いし、結局、楢崎と万次郎の助けを借りて、どうにかよりを戻すことができたのだった。

万次郎はともかく、茨木ととかく馬が合わない楢崎にまで心配され、フォローされてしまったこともあり、その件に関しては、いつまで経《た》っても二人に頭が上がらない京橋である。

だが万次郎は、心底ホッとした様子で、「よかった!」と笑った。

「俺はなんにもお世話してないって。楢崎先生は、ずいぶん心配してたけどさ。今でも、さっさと別れたらいいのにって言いながら気にしてるもん、二人のこと」

「そうなんだ?」

「うん。だから、ちょくちょく食事に誘うんだよ。また、つまんないことでケンカしてないだろうなって」

「うわあ……俺、アメリカにいる頃から延々、先輩には心配かけっ放しだな」

思わず頭を抱えた京橋に、万次郎は明るい声で言った。

「楢崎先生、冷たいこと言うわりに、凄く心配性だし親切だからねー。あ、でも、もうケンカしてないってことは、茨木さんの秘密主義、治ったんだ?」

そう問われて、京橋は数時間前のことを思い出し、曖昧《あいまい》に首を傾《かし》げた。

「うーん……。それはどうかなあ。まあ、癖はすぐには治らないし、俺たちもそう長くつきあってるわけじゃないし、じっくり構えていかないと仕方ないよ。……ご馳走さま！　凄く旨かった。ありがとな」

お代わりしたご飯で麻婆豆腐を綺麗に平らげ、京橋は両手を合わせ、万次郎に深く頭を下げた。

「お粗末さま〜。デザートが何もなくてごめんね。せめてお茶どうぞ」

そう言いながら、万次郎は食器を片づけ、熱いほうじ茶を出した。

「デザートなんて、もう入らないよ。腹いっぱい。ご飯のお代わりしたのなんて、何年ぶりだろ」

濃いお茶を吹き冷まして啜《すす》りながら、京橋は満足げな溜《た》め息《いき》をつき、そしてふと思いついたように、万次郎に訊ねた。

「そういや、間坂君のところは、ケンカしないのか？」

万次郎は、外国語でも聞いたような顔でキョトンとして、それからすぐに片手をヒラヒラと振り、やはり外国人のようなカタコトの日本語で返事をした。

「うち？　ケンカ？　しないしない」

「そんなに仲いいわけ？」

「そうじゃなくて、ケンカにならないんだよ。だって俺、押しかけ居候だし。家の中では先生が王様だからね」

「あー……。確かに間坂君、楢崎先輩にはひたすら甲斐甲斐《かいがい》しいもんな。でもさ、先輩と意見が合わないこともあるだろ？」

「そりゃあるよ。ってか、合わないことがほとんど。だって先生と俺、全然違うもん。性格も、育ってきた環境も」

「……うん」

ふんふんと耳を傾ける京橋に、万次郎はまだまだ子供っぽい顔で幸せそうに笑い、視線をリビングルームに向けた。

「だけど、楢崎先生はなんだかんだ言って優しいから、ブツクサ言いつつも、俺のこと、受け入れてくれるんだよね。ほら、見て。なんかさ、うちのリビング、人が暮らしてるーって感じ、しない？」

奇妙な質問に、京橋も湯飲みを持ったまま、彼の部屋より一回り広いリビングルームを見渡した。

大きな液晶テレビに、革張りの立派なソファーセット、天板がガラスのお洒落《しゃれ》なコーヒーテーブル、作りつけの目立たない飾り棚、そしてよく手入れされた観葉植物に、壁にかけられたビュッフェの絵。

いつ来ても、まるでモデルルームのようなスタイリッシュな部屋だ。

しかしよくよく見ると、なるほど、コーヒーテーブルの上にはマンガや雑誌が数冊散らばっているし、飾り棚には、どう考えても楢崎の趣味ではないガンダムのプラモデルが、見事なポーズで収まっている。

「……ぷっ」

京橋は、思わず噴き出した。言わんとしたことを理解されたと悟って、万次郎も、やけに嬉しそうに言う。

「最初、俺が転がり込んできたとき、ここ、ホントに人が住んでるのかなあって思うくらい、生活感がなかったんだ。楢崎先生、部屋を汚したら掃除が面倒だからって、寝室以外、マジで使わなかったんだって」

「……ああ、その話、前に聞いたことがある。服は全部クリーニングだし、シャワーも病院で済ませて帰ってたって」

そうそう、と万次郎はクスクス笑った。

「一ヶ月に一度、シーツとベッドカバーを替えるだけでも嫌で嫌で……て、あの顔で真面目《まじめ》に言うんだもん。楢崎先生、凄く几帳面《きちょうめん》そうに見えて、変なところでズボラなんだよね。でもさ、俺が来て、家事を引き受けるようになって、料理もするようになってからは……」

万次郎の目は、自然と楢崎の食後の定位置、大きなソファーのど真ん中あたりに固定されている。

「どの部屋でも使うし、家でゆっくり風呂に入って、朝晩はたいてい俺の作ったもの食べてくれるし……。もちろん俺が洗濯機回して、ベランダに洗濯物干すし。それから……」

「物も増えたし？」

「うん。けっこう増えた。主に俺の物だけど。だけどそれだけじゃなくて、なんていうのかな。家がちゃんと生きてる感じがするっていうか……」

「家が、生きてる？」

不思議そうな顔の京橋に、万次郎は照れ臭そうに鼻の下を擦った。

「こんなこと言ったら、楢崎先生に厚かましいな！　って怒られそうなんだけど、やっぱさ、家も、中で人が生活して、初めて家になるんじゃないかなって思うんだ。そこに荷物が置いてあるだけじゃ、ただの入れ物っていうか……」

「ああ、なんとなくわかる気がする」

京橋は微笑んで、こう言った。

「俺は、楢崎先輩ほど家を使わない努力をしてたわけじゃないけど、それでも料理なんてろくにできなかったし、これといって、生活を楽しむような余裕もなかったんだ。ずっと仕事でバタバタしてたから、家はもうひたすら寝るだけの場所で」

「うんうん」

万次郎は、興味津々で大きな身体《からだ》を乗り出してくる。定食屋で毎日接客しているせいもあるのだろうが、彼には天性の「聞き上手」の才があるようだ。

「茨木さんが来て、住人が二人になっただけで、全然違うんだよな。家の中に、自分以外に誰かがいて、物音を立てたり、気配がしたり……。それだけで、家が凄く暖かく感じられる」

「だよね。なんだかそういうのが、俺は凄く嬉しいんだ。俺、先生がいるこの家が大好きだから、先生にも、もっとこの家で楽しく過ごしてほしいし、もっと贅沢《ぜいたく》言えば、俺がいてよかったって思ってほしいんだよ！」

「……もう、十分そう思ってると思うけどなあ」

どこまでも控えめで、そのくせ前向きな万次郎に微苦笑しつつ、京橋はしみじみと、茨木と一緒に暮らせることの幸せを嚙《か》みしめていた。

一方その頃、茨木と楢崎は、テーブルを挟んで無言で向かい合っていた。

場所は互いの職場から微妙に離れた商店街の中にある、「カレーのせりざわ」という実にわかりやすい名前の小さなレストランである。

「……おい」

最初に口を開いたのは、楢崎のほうだった。

「お前がどうしても食事を振る舞いたいというから、まんじに飯はいらんと電話したが、どうやら早まったようだな。話があると人を呼びつけておいて、よもやカレー一皿で済ませるつもりか」

そんな棘《とげ》だらけの言葉にも、日本刀のように鋭い目つきにもまったく動じず、茨木はにこやかな顔で平然と答える。

「ごく内密の話をするのに、料亭なんて、いかにも今から密談しますよと言わんばかりの場所を選ぶのは、スマートなやり方ではないと思いまして」

「……それで、商店街のカレー屋か。確かに、こんなオープンな場所で密談をする馬鹿はいまいよ」

「ええ、それにこの店は……」

事情を説明しようとした茨木は、ふと口を噤《つぐ》んだ。店の奥から、長身の青年が出てきたからだ。楢崎も、「商店街のカレー屋」を店員の前で小馬鹿にするつもりはないらしく、難しい顔で腕組みしたまま黙り込む。

「えっと……あの、いらっしゃい。しばらくぶりですね、茨木さん」

テーブルにやってきた青年は、どうやら茨木と顔馴染みであるらしい。どう見ても親しげには見えない二人の異様な雰囲気に戸惑いつつも、愛想よく茨木に挨拶《あいさつ》をする。

茨木のほうも、苦虫を現在進行形で嚙み潰《つぶ》し続けている楢崎にはかまわず、にっこりして青年に挨拶を返した。

「こんばんは、芹沢《せりざわ》君。すみませんね、遅くに。……こちらは、K医大の楢崎先生。ちょっと、仕事上の大事な話がしたくて」

「ああ、どうも。いらっしゃいませ。ボロい店ですけど、ゆっくりしてってくださいね。大事な仕事の話らしいって、加島《かしま》さんから聞いてますよ。もう店は閉めちゃうんで、他のお客さんは来ません。すぐ、カレー持ってきますね」

そう言うと、芹沢と呼ばれた青年は、いったん店の外に出て、すぐ戻ってきた。おそらく、本日閉店の札をかけてきたのだろう。店名から考えて、彼がこの店のオーナーであるらしい。

「知り合いか？　加島というのは？」

まだ多分に険のある楢崎の声に、茨木は立て板に水の滑らかさで答えた。

「今、それを言おうと思っていたんです。この店は、僕の同僚である加島透《とおる》のパートナーがやっているんですよ。さっきの彼です」

「……ああ、そういう……」

さりげなくパートナーという言葉を使ったのは、彼らも同性同士のカップルであるからなのだろう。茨木は、それ以上そこには触れず、サラリと流して説明を続けた。

「その関係で、プライベートでもよくお邪魔しますし、仕事上の大事な話をするときは、こんなふうに閉店後、翌日の仕込みをするための時間を提供していただけるので、助かってます」

「……なるほど。ところでさっきの男、注文を取らずに帰ったが？」

「ここのメニューは、日替わりカレー一種類だけですから」

「なんというか……変わった店だな」

「ええ、でも味は折り紙つきですよ。さっき名前が出た加島という僕の同僚は、スパイスを使った健康食品の開発を担当しているんです。ですからこの店のカレーにも、そのノウハウが遺憾なく生かされているようで」

「ほう」

ごく義務的な相槌《あいづち》を打ち、楢崎はこれ見よがしに嘆息した。

夕方、茨木から携帯電話に連絡があったとき、楢崎は悪い予感しかしなかった。

京橋と茨木、楢崎と万次郎という四人で出掛ける機会が増え、互いに連絡先を交換してはいたが、反りの合わない楢崎と茨木は、これまで一度も直接連絡を取り合ったことはなかった。常に、京橋か万次郎を介して……というのがこれまでのパターンだったのだ。

訝《いぶか》しみながら通話ボタンを押した楢崎に、茨木は、「ご内密にお話ししたいことがありますので、夕食を召し上がる時間だけ、僕にいただけませんか？」などと実に低姿勢に申し出た。

それで、これはおそらく、京橋との関係に問題が持ち上がり、自分に助力を乞《こ》いたいに違いないと踏んだ楢崎は、気の進まないこの誘いを受ける気になったのである。

それなのに……。

「待て」

そこまで思い出してはたと我に返り、楢崎は茨木を睨《にら》んだ。茨木のほうは、仏像を思わせるアルカイック・スマイルで応じる。

「はい？　なんでしょう」

「お前、今、実にさりげなく『仕事上の大事な話』と言わなかったか？」

「ええ、言いましたよ。それが？」

「仕事の話なのか⁉　京橋の話ではなく？」

「はい。お電話で、そう申し上げていませんでしたっけ？」

口調は空とぼけているが、眼鏡の奥のチェシャ猫のような目つきを見れば、それがわざとであることは火を見るよりも明らかだ。

「……騙《だま》したな。くそ、俺は帰るぞ。お前と、業務上の理由で馴《な》れ合うつもりなどない」

楢崎は憤然と席を立った。しかし、絶妙なタイミングで、芹沢がカレーを持ってやってきてしまう。

「お待たせしました～。あ、トイレは奥ですよ」

「……う、い、いや」

自分が注文したわけではないとはいえ、せっかく調理してくれたカレーに手もつけず店から出ていけるほど、楢崎は傍若無人ではない。やむなくムスッとした顔で座り直した。

茨木は、何食わぬ顔で芹沢に笑いかけた。

「ありがとう、芹沢君。今日のカレーはなんですか?」

「今日は、春野菜のカレー! 色合いを綺麗に出したかったんで、プレーンなチキンカレーの上に、菜の花、タケノコ、新タマネギ、新ジャガ、スナップエンドウ、ヤングコーン、あとタラの芽を、さっと素揚げして載っけてあります。お好みで、アチャールを足してどうぞ。……ええと俺、奥で明日の仕込み作業をしてるんで、どうぞごゆっくり。帰るときに、厨房《ちゅうぼう》の扉をノックしてもらえればいいです」

まるで歌うように説明しながら、芹沢は二人の前にカレーと薬味のガラス容器、それに小さな陶器椀《わん》に山盛りのミックスサラダを置いて、店の奥へ引っ込んだ。

店内には、見事に二人だけが残される。

テーブルが六つだけの小さな店ではあるが、音楽すらかかっていないので、二人きりだとさすがにガランとして物寂しい。

「それで、なんだ? お前の言う、仕事上の大事な話とは」

芹沢の姿が消えるなり、楢崎は性急に切り出した。しかし茨木は、すました顔でスプーンを手にする。

「まあ、まずはカレーをどうぞ。芹沢君のカレーはこのあたりでは大人気で、いつも夕方には売り切れて店じまいなんですよ。今日は特別に、二食分だけ取っておいてもらったんです。冷めないうちに、是非」

「……恩着せがましく言うな。取り置きを頼んだのは、お前の勝手だろうが」

「それは失礼しました。でも、一口食べたら、きっと間坂君を連れてきたくなりますよ」

「…………」

万次郎の名前を出され、怒りの矛先を微妙に逸《そ》らされて、楢崎はあからさまに苛立《いらだ》った顔で、それでもやむなくスプーンを取った。カレールゥを、ターメリックを入れて炊《た》き上げたらしき、ほんのり黄色いご飯に絡めて口に運ぶ。

「！」

最初の一口はルゥとご飯だけで味わうことにした楢崎は、スプーンを口に入れた途端、わずかに鋭い目を見張った。

万次郎も、バイト先の定食屋「まんぷく亭」でよく作るので、カレーは得意である。しかし、彼の作るカレーは、由緒正しい「おうちのカレー」で、それと芹沢のカレーは、根本的に異なる食べ物だった。

市販のルゥは一切使っていないのだろう。小麦粉ではなく、すり下ろしたジャガイモを使っているのか、カレールゥはさらりとしていている。

専門店なら当然ではあるが、スパイスもその都度ブレンドして挽《ひ》いているのだろう。香り高く、複雑な香りが雑多に混じり合っているのに、見事に調和が取れている。カレー自体の風味も、スパイスの辛みを自然な甘みが和らげ、刺激的なのに食べやすい。

「旨いな」

少しでも口に合わなければ、クソミソに言って帰ってやろうと思っていた楢崎の口から、つい、素直な賛辞がこぼれた。茨木は、してやったりの笑みを浮かべる。

「そうでしょう？　気に入っていただけてよかったですよ。身内贔屓《びいき》のようで恐縮ですが、同僚の加島も、ずいぶんアドバイスしたみたいなんです。特にスパイスの使い方が、僕はとても気に入っていて」

「うむ。お前に得意面をされるのは業腹だが、確かに旨い。これは、まんじにも食わせるべきだな。これなら、夜に食べても胃にもたれない」

仏頂面でそう言いながらも、楢崎のスプーンは止まらない。野菜と一緒に食べたり、タマネギとトマトで作ったアチャールという漬け物的な薬味を添えて食べたりすると、また味が変わって、まったく飽きさせない工夫がこらされている。

そんな楢崎を満足げに見やりつつ、茨木は自分もゆっくりとカレーを味わいながら、ごくさりげなくこう切り出した。

「先生は、治験に携わることがおありですか？」

一口試して気に入ったのか、アチャールをどっさり皿に取ろうとしていた楢崎は、小さなトングを手にしたまま動きを止めた。

「治験？　それは、大学病院に勤める臨床医である以上、無関係ではいられない。当然だろう。それがどうした？」

すると茨木は、急に真剣な面持ちになり、スプーンを置いた。背筋を伸ばし、真っ直《ます》ぐに楢崎の顔を見る。持ち前の柔和な雰囲気は損なわれないまでも、眼鏡の奥の草食動物を思わせる瞳《ひとみ》には、研究者特有の冷徹な光が宿った。

「ご存じとは思いますが、我がカリノ製薬には、サプリメントと医薬品の二本柱があります。そして、どちらにも、開発段階で治験が不可欠です。ああいえ、サプリ部門の場合は、すべての商品についてというわけではありませんが……」

楢崎のほうは、食事を中断して話に専念するつもりはないらしい。アチャールとご飯をたっぷりスプーンにすくい、ルゥを絡めて頬張ってから、やや不明瞭《ふめいりょう》な口調で言い返した。

「そんなことは、説明されるまでもない。だからなんだというんだ」

食べ終えたら即座に帰りそうな険悪な声音だが、幸い、カレーはまだ三分の一ほど残っている。茨木は少しも焦らず、淡々と説明を続けた。

「悲しいかな、カリノ製薬は小さな会社です。世界規模の製薬会社のように、何十種類もの新薬を、同時に開発するようなことはできません。つまり、開発中の新薬一つ一つに、社運がかかっているといっても過言ではないんです。サプリの開発が簡単だというわけではありませんが、医薬品の開発は、桁違《けたちが》いに労力と予算と時間がかかりますからね」

「……そんなことは、俺には関係ないぞ」

「そのくらい、新薬開発は弊社にとって重要だということを、まず知っていただこうと思いまして。ここからが本題です」

小さく咳払《せきばら》いして、茨木は一口水を飲んでから、話を続けた。

「医薬品の治験は、計画段階を経て、三つのフェーズで行われます。フェーズ1では前臨床試験により、動物での薬効や安全性が確認された治験薬について、少数の健康な人を対象に、安全性や薬物の動態を確認します」

「……ふん」

当然だと言わんばかりに、楢崎はもぐもぐと口を動かしながら鼻を鳴らす。

「それを踏まえて、フェーズ2では、同意を得た少数の患者さんに治験薬を試していただき、投薬量、投薬方法の検討を行います」

「…………」

もはや相槌すら面倒になったのか、楢崎は瞬《まばた》きを首肯に代える。それでも茨木は、まったく妥協なく、治験の解説を続けた。

「そして最後のフェーズ3では、もっと多くの患者さんを対象に、治験薬と既存の薬品のいずれかを試していただき、有効性、安全性について、それぞれ比較し、治験薬に新薬としての可能性があるかどうかを調べます。……そこで、有用と判断されて初めて、我々は厚生労働省に製造販売承認の申請を出し、審査をお願いすることができるわけです。無論、新薬発売後も、効果や副作用について調査を続け、報告することが義務づけられています」

「おい。もう少し、話をかいつまむことはできんのか」

「これが最高にかいつまんだ説明ですよ。もうしばらくご辛抱を」

ゲンナリしながらも一応は聞いてくれているらしい楢崎に、小さな笑みで感謝を表して、茨木は「さて」と語調を少し明るくした。

「相変わらずご存じの話で申し訳ありませんが、この三つのフェーズ、最初のフェーズ1については基本的に一つの医療機関で行い、2と3については、複数の医療機関にお願いすることになっています。先生がおいでのK医大さんには、1から3のすべての段階において、さらに発売後のフォローアップについても、弊社にご協力いただいています」

そこでようやく、楢崎は少しばかり興味を示した。

「ああ。消化器内科でも、俺が来てから何度か、カリノの治験に協力したことがあるな。大事な仕事だと思うからやるが、治験のチームに入れられると、なかなかに厄介なことが多くて面倒だ。……ああいや、待てよ。現に今、カリノの治験が一件入っているんじゃなかったか？」

「知っていてくださって、恐れ入ります。そうなんです。実は、先日厚労省に提出した治験実施計画書が審議にパスしまして、今回は初期段階から、楢崎先生のいらっしゃる消化器内科でお世話になっています。先生は確か、今回の治験チームには入ってらっしゃいませんよね？」

楢崎は、最後の三口ほどを平らげながら頷《うなず》いた。

「ああ。今回の治験対象は……確か、クローン病の治療薬だったか？」

「はい、そのとおりです」

「クローン病は、俺のテリトリーじゃないんだ。お前が知っているかどうかはわからんが、消化器内科は、とにかく所属医師の人数が多い。籍だけ置いて、実際は開業している連中も含めれば、二百人近くいるかもしれん」

「多いとは聞いていましたが、そこまでですか……？」

「ああ。メジャーな科の中では、最も潰しがきくし、その気になれば稼ぎやすいから、昔から人気があるんだ。そんなわけだから、内部で専門ごとにほぼ完全にチームが分かれていてな。連携する間柄ならまだしも、あまり連携しないチームのことは、何をしているのかよくわからない。カンファレンスはあるが、すべてを把握するのは無理だしな」

「なるほど。それはますます好都合……」

「なんだと？」

「ああいえ、こちらの話です。ところで、先生のご専門は……」

「今は、胃腸の潰瘍《かいよう》と癌《がん》だな。外科と連携することが多いチームだ」

「なるほど。……確かに、それではクローン病のチームとはあまり接点がなさそうですね」

「ああ。それで、うちでやっている治験がなんだ？」

楢崎が、カレーの最後の一口を飲み下すのを待って、茨木は再び口を開いた。

「大きな問題が持ち上がっているんです。実は一昨年も、潰瘍性大腸炎の治療薬を、K医大を含むいくつかの病院にお願いして、治験を実施させていただきました。結果のほうは……まあ、もろもろ事情があって、結局、発売にこぎ着けることはできず、今回はそのリベンジなんですが……」

「ふむ。それが？」

厨房からはタマネギを刻むトントンという規則的な音が微《かす》かに聞こえているが、もともとあまり声の大きな二人ではない。会話が厨房の芹沢に聞こえることはないだろう。それでも茨木は、一段声のトーンを落としてこう言った。

「一昨年の治験中、薬剤の情報、そして治験に参加してくださっていた患者さんたちの情報が、片っ端から他社に漏れていたようなんです」

そこで初めて、茨木の話の重要性が理解できたらしい。楢崎もスプーンを置き、顔を引き締める。

「なんだと？　それは、治療記録という意味か？」

「はい。治験薬を与えられたグループ、比較用の既存薬を与えられたグループの両方の治療データが、漏れていました。治験薬そのものと、薬剤データもです。……しかもそのデータは、K医大消化器内科の患者さんのものだけでした」

楢崎は険しい顔で、空っぽの皿を脇へ押しやる。

「なぜ流出がわかった？」

「我々が治験の結果、改良を試みて追加研究を重ねていたものとまったく同じ方向性の潰瘍性大腸炎の治療薬を、F社が我々より先に作り上げ、治験を行い、発売してしまったからです」

世界の主要都市ほぼすべてに支社を持つ、超大手製薬会社の名を出し、茨木は珍しく、実に不愉快そうな顔をした。楢崎は、小さく肩を竦《すく》める。

「偶然じゃないのか？　あと、そこがうちの医局からデータを抜いたと、なぜわかった？」

「確かに、同様の新薬を数社が開発競争するのは、日常茶飯事です。しかしそのときは、サプリ畑の僕にはよくわかりませんが、かなり斬新な切り口からアプローチする薬剤だったようで、競合する確率は極めて低かったと。それで、F社の動きに不信感を持った弊社の幹部が、業者に調査を依頼したところ……」

「うちの医局のデータと、薬剤データがF社に流れたことが判明したと？」

「はい。ちょうどF社をリストラされた研究者が、みずからの素性を明かさないこと、事件を公にしないことを条件に出し、さらに多額の報酬と引き替えに、F社から自分が与えられたという、K医大から流出した治験データを提出したんです」

ふうむ、と、楢崎は薄い唇を引き結び、腕組みして茨木の顔をつくづくと見た。

「うちの誰が、その治験データをF社に流したのかは？」

「わかりませんでした。その研究者も、医大関係者からの提供であることは認めたものの、具体的に誰かは決して言わなかったそうです。こちらで調査するにしても、医局の関係者の皆さんを、ひとりひとり疑うわけにはいきませんからね。その……こちらからお願いして、治験に協力していただいているわけですし」

「確かに、頼んでおいて片っ端から泥棒扱いは、ありえんな。……で、裁判にはしなかったのか？　律儀に、その研究者との約束を守ったとか？」

「しませんでした。研究者との約束がなくても、裁判には持ち込めなかったでしょう。確証を揃《そろ》えるのは至難の業ですし、F社のような大会社相手では、うちが訴訟を起こしても、ミジンコがすねに噛《か》みついたようなものですからね」

奇妙なたとえを大真面目な顔で繰り出し、茨木は悔しそうに吐き捨てた。

「結果として、弊社はその治験薬の改良を諦《あきら》めざるを得ず、有り体に申しまして、たいへんな損害を被りました。まあ、おかげさまで、昨今はサプリのほうがかなり好調ですので、会社が潰れることはありませんでしたが」

「お前のそんな顔を見られただけでも、今日は来た甲斐があったな。部署は違えど、愛社精神というやつか」

痛烈な皮肉を、本当に楽しげな笑みを浮かべてそう言い、楢崎はテーブルに片手で頬杖《ほおづえ》をついた。

「で？　その悔しかった事件が、今の治験にどう……待てよ。そうか、一昨年は潰瘍性大腸炎、そして今はクローン病の治験薬、か。その二つの疾患については、同じチームの担当だな」

頬杖から軽く頬を浮かせた楢崎に、茨木は頷いてみせた。彼のカレーは半分ほど残ったままだが、本人はすっかりそのことを忘れてしまった様子である。

「ご明察です。実を申しまして、今回の治験チームのメンバーは、数人が前回のチームと同じなんです。ですから弊社としては、また同じことが起こるのではないかと、若干、疑心暗鬼に……」

「だったら、うちを治験から外せばよかろうに。なんだってまた、うちに頼んできたんだ？」

呆《あき》れ顔の楢崎に、茨木のほうも、これまた常識を語る口調で即座に言い返す。

「それはK医大さんが、カリノ本社からいちばん近い総合病院であり、いちばん長く……それこそ昭和初期の創業時からお世話になっている医療機関でもあるからです。疑わしいというだけで、長年にわたるおつきあいを断ち切るわけにはいきません」

「なるほど。うちの医局が協力してやると言えば、そっちに断る権利はまあないな。なるほど。だいたい、話の流れは見えた。それで？　畑違いのお前が、チーム違いの俺を呼び出してそんな話をして、いったい何が目的なんだ？」

楢崎の細い顎《あご》が、再び頬杖の手のひらに収まる。茨木は、テーブルの上で両手の指を組み合わせた。そして、やや困り顔で首を振りつつ、こう言った。

「今回も治験データの流出があり、他社に出し抜かれるようなことがあれば、うちの会社はまた大きなダメージを受けます。このご時世ですから、研究部門の存続があやぶまれる可能性もあります。……ですから、まことに失礼なことではありますが、まずは今回、治験チームの皆さんに、個人情報及び治験データは機密事項として、情報の厳重管理、自宅へのデータ持ち帰り禁止、他人、他機関への提供禁止を、紙面にて誓約していただいたそうです」

「それは当然だろう。他社の治験でも、最近はそのあたりは相当にうるさいぞ。個人情報にかかわることだしな」

「ええ。さらに、かつてK医大で働いたことのある僕に、もう一度同じ職場に戻って、なんらかの手段で、治験チームに関する情報を集めよと無茶な命令が下りまして」

楢崎の頬杖の肘《ひじ》が、テーブルの上でズルリと滑る。上半身を奇妙に傾《かし》がせたまま、楢崎はなんとも言えない微妙な顔をした。

「お前に？　だってお前は、サプリ部門の人間だろう」

「だから、余計に好都合なんでしょう。医薬部門の人間では、当事者すぎて、私情が交じりますしね。僕なら、社内にいる部外者みたいなものです」

楢崎は、顔を片手で支えたまま、指先でこめかみをトントンと叩《たた》いた。

「くそ、カレーを食うんじゃなかった。だんだんお前の言いたいことが読めてきたぞ。……消化器内科にいる俺に、手を貸せというんだな？」

「まさにそのとおり」

「そのとおり、じゃない。この俺に、他のチームをスパイしろと言うのか、お前は」

「よろしければ」

「よろしくない！」

楢崎は尖《とが》った声を上げ、ようやく頬杖から顔を上げた。フレームレスの眼鏡を押し上げ、ついでにその手で艶《つや》やかな黒髪を撫《な》でつけて、尊大に言い放つ。

「カレー一皿で、そんな馬鹿げた頼みを引き受けるわけがなかろう。チーム違いとはいえ、同じ医局だ。仲間を売るような真似はできんぞ」

「……でしょうね。そうおっしゃると思っていました」

やけにあっさり引き下がり、茨木はニッコリ笑う。

「別に、スパイまでしてくださらなくてもいいんです。ただ、治験がどんなふうに進んでいるか、様子をそれとなく探ってくださるだけで」

「……それとなく？」

「ええ。上の人間も、できることなら事を荒立てたくはないんです。とにかく情報を集めて、怪しげな関係者が浮かび上がれば、あとは個別に……穏便に対処すると」

「それはつまり、うちの医局を公に糾弾せずに済むように、流出を未然に防ぐ方向で、手を打とうとしているわけか」

「はい。それが弊社にとっても、先生の医局にとっても、いちばん幸せなことだろうと」

「むむ……」

「先生が医局に愛情を持ってらっしゃることは、今、僕の申し出をお断りになったことでよくわかりました。ですが、現時点で僕にご協力いただいたほうが、結局、医局の名誉を守ることになる……かもしれません。それに、今回は誰も治験データの横流しを考えていなければ、我々の単なる取り越し苦労ですから、先生にご迷惑はかかりません」

「…………」

　楢崎は、黙りこくってしまった。長い指でテーブルを叩きながら、天井を睨んで考え込む。

　茨木は、そんな楢崎の思考を邪魔しないように、呼吸すら潜めてじっと待った。

　やがて楢崎は、鬱陶《うっとう》しそうに眉間《みけん》に縦皺《たてじわ》を刻んだまま、茨木を見据えた。

「つまり現時点で、一昨年の治験データ流出は、まったく表沙汰《おもてざた》になっていない……？」

「いません」

「なるほどな。……確かに、電子カルテ導入後、データの流出や盗難は、あちこちで問題になっている。しかし、つきつめればこういうことは所詮《しょせん》、医者と製薬会社の信頼関係だ」

「……はい。僕もそう思っています。初めて意見が合いましたね」

　これまた真顔でそう言う茨木をジロリと睨み、楢崎はツケツケと言った。

「意見が合うも何も、まともな奴なら皆そう考えているはずだ。……俺は、身内を疑ってかかったり、スパイの真似事をするつもりはない。だが、偶然、治験チームについての情報が耳に入れば、お前に報《しら》せてやる。……それでいいんだな？」

　茨木は、いつもの嫌味や皮肉は一切口にせず、ただ「はい、それで十分です」と言い、楢崎に深々と頭を下げた。

「ありがとうございます。僕も、何ごともなければいいと思いつつ、先生がお力を貸してくださるなら、これ以上頼もしいことはありません」

　楢崎のほうは、照れ隠しなのか、いつものつっけんどんな姿勢を崩さない。

「褒め殺しはいい。それより、一昨年と今回の治験、両方に参加している人間のリストを、自宅のPCアドレスに送っておいてくれ」

　そう言いながら、ペーパーナプキンを取り、そこに上着のポケットに刺さっていたボールペンでアドレスを書きつけ、茨木に押しやる。

　それを恭しく受け取り、大事そうにポケットにしまう茨木に、楢崎はふと気になった様子でこう訊ねた。

「お互い、連絡は携帯メールか電話で。間違っても、学内で声をかけるなよ。……それにしても、このことは、まんじや京橋にも……」

「当然、内密に願います。僕と先生の間だけの話ということで」

　楢崎は、眉根をさらに寄せる。

「俺のほうは別にかまわん。まんじに職場の余計なことを喋《しゃべ》る必要は、どこにもないからな。しかし、お前はそれで大丈夫なのか？　また売店の店長に戻る理由を、あいつらにどう説明するつもりだ？」

　すると茨木は、ようやくいつもの笑顔を見せた。

「ああ、それはご心配なく。上手く説明がつきそうです。先生は、何も知らない風でいてください。今日が金曜日ですから、タイミングよく来週の月曜日から、売店の臨時店長復帰になりそうです」

「……わかった。話はそれだけか？」

「ええ、とりあえずは。今日は、お時間をいただき、また、お願いを聞き届けてくださって、本当にありがとうございました」

楢崎が話を切り上げようとすると、茨木はすっと立ち上がり、再度、テーブルに額がつくほど深く、頭を下げた。

楢崎は、きまり悪そうな顔つきで立ち上がる。

「別に、お前の頼みだから聞いたわけじゃない。自分の職場の名誉と、医者の仁義にかかわることだからだ。ただ、貸しは貸しだからな」

「わかっています。帰宅したら、すぐにメールをお送りします」

「そうしてくれ。……ではな」

「お気をつけて」

あくまでも低姿勢に自分を店から送り出そうとする茨木が不気味で、楢崎はなんとも落ち着かない様子で店を出ていこうとし、ふと戸口で立ち止まり、振り返った。まだ突っ立ったままの茨木に、相変わらずの渋面で口を開く。

「店主に、実に旨かったと伝えてくれ。……あと、お前も全部食ってから帰れよ」

自分の台詞《せりふ》に対する茨木の反応を待たず、クルリと踵《きびす》を返すと、楢崎の姿はたちまち店の外に消える。

「…………」

他に策を思いつけず、やむを得ず楢崎に頼みを持ちかけてみた茨木だが、楢崎があっさり引き受けてくれるとは予想だにしなかった。八割方、にべもなく断られるだろうと覚悟していたので、むしろ拍子抜けである。

席につき、すっかり冷えてしまった、それでも美味《おい》しいカレーをもぐもぐと頬張りつつ、茨木はひとりごちた。

「まさか、この僕が、あの楢崎先生と二人きりの秘密を抱えることになるとは」

だがこのとき、その「二人きりの秘密」が、二組のカップルに予想外の影を落とすことになると、神ならぬ身の茨木には、まだ知る由もなかった……。

第二章　軋む歯車

茨木と暮らし始めてからというもの、土曜の夜はどうにも落ち着かない。

何やらぎこちない動きでパジャマに着替えた京橋は、ベッドに潜り込んだ。

おそらくは、受け入れる側の京橋の負担を考えてのことなのだろうが、茨木が「仕掛けて」くるのは、土曜の夜か、祝日の前夜だ。金曜の夜ではないのは、京橋が、土曜出勤することが時々あるからだろう。

決して二人でそんな取り決めをしたわけではないのだが、何度かそういうことが続くと、京橋のほうも、休日の前夜はなんとなくソワソワした気分になってしまう。

（なんだか、こういうの、気恥ずかしいんだよな……）

京橋と入れ違いに、今、茨木は入浴中である。そのせいで、「待っている」感が余計に強まり、自宅にいるにもかかわらず、どうにもいたたまれない。

（べ、別に期待してるわけじゃないのに。うん、ない。ない……）

期待などしていないと何度も自分に言い聞かせていても、浮ついた気分が去ることはなかった。

それでもベッドの中にいると、冷えたシーツがジワジワと体温で温まっていく。それにつれて忍び寄ってきた睡魔に抗しきれず、京橋は目を閉じた。

茨木が寝室に来るまで、ただ目をつぶってリラックスするだけ。そう思っていたのだが、いつの間にやら寝入ってしまっていたらしい。

ふと人の気配に気づくと、傍らに、手枕《てまくら》で横たわった茨木の穏やかな笑顔があった。

「うわっ」

自分が眠っていたという事実に驚いて、京橋は跳ね起きようとする。だが、そんな動きを完璧《かんぺき》に予測していたのだろう。茨木は、布団の上から京橋の胸元を優しく押さえて、「いいんですよ」と言った。

「すみません。ジロジロ無遠慮に見ていたので、視線で起こしてしまったんですね。せっかく静かにベッドに入ったのに、その努力を自分で無駄にしてしまいました」

「……悪趣味だぞ、人の寝顔をずっと見てるなんて。しかも、そんな近くで」

恥ずかしさも手伝い、京橋は恨めしげに文句を言った。だが茨木は、いつもの涼しい笑顔でそれを受け流す。

「ほんの数分ですよ。それに、これは恋人の特権というものでしょう?」

「そうかもしれないけどさ」

傍らの茨木を横目で見やった京橋の心臓が、小さく跳ねる。

いつもは短めの髪をこざっぱり整え、ザ・清潔感と呼んでもいいような風体の茨木なのだが、風呂上がりの今は、タオルドライした半乾きの髪を、手櫛《てぐし》でざっくり整えただけの状態で、しかもパジャマの上着のボタンを、上一つ開けたままにしている。

これまであまり気にしたことがなかったが、そのほんの少しだけラフな、しかも眼鏡を外した彼には、妙に男っぽい色気がある。普段、あまり男性を感じさせることがないものやわらかな茨木だけに、その落差が余計に京橋をドキドキさせた。

「どうしました?」

「あ……いや、なんでもない」

思わず茨木の顔に見とれてしまっていた京橋は、怪訝《けげん》そうに問われ、慌ててぶんぶんと首を振った。その頬がわずかに赤らんでいるのに気づき、茨木は猫が喉を鳴らすように小さく笑う。

「僕の顔は、そんなに変ですか?」

「違うよ! そうじゃなくて、風呂上がりの茨木さんって、なんだか妙にかっこいいなって」

「おや。もう何ヶ月も毎日見ているでしょう、風呂上がりの僕なんて。今日に限って褒めてくださるなんて、面白いですね」

本当に面白そうに笑いながら、茨木はゆっくりと身を起こし、京橋の頭の両側に手をついた。真上から見下ろされて、京橋の顔に微かな緊張が走る。

だがそんな京橋の額に優しくキスを落として、茨木は微笑した。

「起こしておいてこう言うのもなんですが、かなりお疲れのようですから、ゆっくりおやすみなさい」

「……え？」

予想と違う行動に、京橋は目をパチクリさせる。確かに、春は花粉症の患者が急増するので、今週は仕事が多忙を極めていた。あちらこちらの病棟から、アレルギー性鼻炎や咽頭炎を発症した入院患者の往診を依頼され、夕方まで一度も座る暇がない日もあったほどだ。当然、そんな一週間を過ごしたあとでは、クタクタに疲れているし、眠くもある。それでも、こういうときはいささか強引であることが多い茨木が、妙にあっさり諦めたことが、京橋をかえって不安にさせた。

「でも、茨木さん」

「はい？」

「その……い、いいのか？」

「何がです？」

優しい口調で問い返してくる茨木の目には、チェシャ猫のような妖《あや》しい光があった。正直な京橋は、言葉にしなくても、心の中がすべて顔に出てしまう。「何がって……」と口ごもるその唇に、茨木はもう一度、軽く口づけた。そして軽く京橋の上に乗り上げるように上体を落とし、間近から耳元に囁《ささや》く。

「あなたがほしくないのかと？」

「……ッ」

たちまち、京橋は耳まで赤くなる。茨木から視線を逸らして、京橋はモゴモゴと言った。

「だ、だって。一緒に暮らし始めてから、ずっと……その、土曜だし、こういうこと」

「ええ。休みの前夜のほうが、いいだろうと思いまして。僕はいつだっていいんですが、あなたのほうの負担が」

「わかってる！　気を遣ってくれてるの、わかってた。だから、今夜もそうかなって」

「期待してくれていましたか？」

「う……っ」

さっきは期待しているわけではないと胸の中で思ってみたが、さっき、このまま眠れと茨木に言われた瞬間から、身体の深いところで微かに疼《うず》くものがある。

「期待とか……そういうことじゃ、ないけど」

「なんです?」

あくまでも京橋に語らせたいらしく、茨木は楽しげに問いを重ねてくる。風呂上がりのせいで、茨木の体温はいつもより高い。その温《ぬく》もりを感じつつ、京橋はおずおずと広い背中に腕を回した。

長身でヒョロリとして見える茨木だが、実は着痩《きや》せして見えるタイプである。パジャマ越しでも、指先でしっかりした背筋を感じることができた。仕事帰り、たまにジムに寄ると言っていたのはこれまた謙遜《けんそん》で、本当はかなり真剣に鍛えているに違いない。見た目にそぐわないズッシリした重みが、何よりの証拠だ。

「でも、茨木さんは、そのつもりだったんだろ?」

「ええ、もちろん。でも、あなたに無理強いするつもりはありません」

「無理強いなんて!」

「実はそうなんじゃないかという不安はあるんです。あなたはいつも、求める僕を受け入れてくださるけれど……逆はこれまで一度もありませんでしたからね」

「うっ」

茨木の指摘に、京橋は茨木の背中に両手を乗せたまま、見事に固まった。

「それは……」

思わず天井へ泳がせた京橋の視線は、茨木に顎を摑《つか》まれ、やんわりと引き戻される。決して痛いほどの力ではなかったが、茨木の長い指は、優しく、そして強引に京橋を縛《いまし》める。

「あなたは僕を秘密主義だと言うけれど、あなたのほうも、けっこうそうじゃありませんか？　慎《つつし》み深い人なのだと理解はしていますが、たまにはあなたの気持ちも聞かせてくれないと、僕が心配になります」

京橋は、少し驚いて茨木を見た。やや非難めいた言葉を吐き出しているこんなときでも、茨木の顔からは笑みが消えない。それでもいつも穏和な茶色い目だけは、笑っていなかった。

真摯《しんし》な、嘘《うそ》を赦《ゆる》さない強い眼差《まなざ》しに、京橋の喉がゴクリと鳴った。

「俺は……べ、別に、嫌がったことなんて、一度もないだろっ？」

「けれど、あなたから求めてくださったこともないです」

「う……うう、そ、それはっ」

「それは？」

今夜は、京橋が本心を語るまで、茨木はこの体勢のままでいるつもりらしい。しばらく、酸欠の金魚のように赤い顔で口をパクパクさせていた京橋は、やがて深い溜め息をついた。

そして、今度はしっかりと両腕に力を込めて、茨木を抱き寄せる。

「京橋先生？」

「ごめん」

互いの頬を触れ合わせ、京橋は茨木の耳元で囁いた。顔は見えないが、茨木が吐息混じりに笑ったのがわかる。

「先生、僕は別に謝ってほしいわけでは」

「だけど、不安にしたことは悪いと思ってる。謝らせてくれよ。ごめんな。そんなつもりはなかったんだ。だけど……恥ずかしくて、俺」

「……はい」

「だから、茨木さんから誘ってくれるのをいいことに、いつも乗っかってばっかりだった。でも俺、土曜日の夜になるたび、今週もかなってなんとなく思ってて、それで……」

「いつもより、風呂が長くなる？」

さっきまでの軽い詰問口調とは違う、どこかからかうような軽い調子で問われ、少し平静に戻りつつあった京橋の頬が、再び火を噴く。

「うっ！　き、気づいて、たのか？」

「ええ。土曜の夜はいつも、少しのぼせるくらいになって上がってきますよね。そういうときは、どこに触れてもボディソープのいい匂《にお》いがして、僕のために一生懸命磨いてくださったんだなと思っていました」

「う……ううう」

「ここも」

茨木の手が、シーツと京橋のパジャマの尻の間に差し入れられる。決して肉づきのよくない男の尻を、広げた指でやんわりと揉《も》まれ、京橋は奇声を上げた。

「ひゃッ」

「ここも、一緒に暮らすようになってから、やけにすんなり指が入るのに、気づいていました。慣れてくださったのかと思っていましたが、もしやそれも僕のために、あなたが自分で？」

京橋の、茨木の背中を抱く手にグッと力がこもる。間違っても茨木が顔を上げて自分を見ないようにしてから、京橋は目をつぶり、蚊の鳴くような声で答えた。

「だって……。俺、なんでもかんでも茨木さんにやってもらうばっかで。それじゃ不公平だし、せめてこう……少しでも、手間、減らせないかと思ってさ」

「ああ……」

感極まった溜め息をついて、茨木は手探りで京橋の髪を撫でた。

「そんな可愛いことを言ってくださるあなたの今の顔を、僕は、それはもう切実に見たいんですが……」

「ダメだ。今、顔を上げたら、俺、恥ずかしくて死ぬからな！」

「でしょうね。……ああ、でも、すみません。やっぱり僕が悪かったです。猛省しますよ」

「えっ？」

いきなり謝られて、面食らった京橋は、思わず腕の力を緩めてしまう。すかさず軽く身を起こした茨木は、予想どおり、完熟トマトのように色づいた京橋の顔に、相好を崩した。

「ああ、やっぱり予想どおりの可愛い顔だ」

「ちょ……見、見ちゃダメだって言ったろ！　何、顔を上げてんだよ！」

「あなたが、腕を緩めたからですよ？」

「うっ……う、うう。だ、だってそれは、全然謝るとこじゃないのに、茨木さんがすみませんなんて言うから！」

咄嗟《とっさ》に枕で顔を隠そうとするのを易々《やすやす》と封じ、茨木は愛《いと》おしげに目を細め、なおも言い募ろうとする京橋の唇を、軽いキスで塞《ふさ》いで黙らせた。

「んっ……」

「断然、謝るところですよ。ごめんなさい。僕は、欲張りが過ぎました」

「欲張り？」

「ええ。あなたが照れ屋なことも、口で言えない分、行動で僕を求めてくださっていることもわかっていながら、つい、言葉もほしいと願ってしまいました。いくらなんでも、厚かましかったですね」

「そんなこと……！　それだったら、俺も、ええとなんだっけ、猛省だよ」

「どうして？」

京橋は赤い顔のまま、ようやく真っ直ぐに茨木を見つめる。

「俺、自分から誘うの、なんか恥ずかしくて、苦手で……。だから、その……ええと、したい、とか思ったときでも、土曜まで待てば、茨木さんが誘ってくれるかもって思ったりしてた。そしたらホントにそうしてくれるから、つい甘えちゃってたんだ。だけどそういうのはフェアじゃないよな。悪かった」

実に真っ直ぐな謝罪に、茨木はむしろ困り顔で微笑む。

「確かにフェアではないかもしれませんが、人には得手不得手があります。せっかく縁あってパートナーになったんですから、お互いの不得手なところを補い合うというのも素敵だと思いますよ?」

「え? あ、そ、そう……かも?」

「ええ。幸い、僕はこういうことに躊躇《ためら》いも恥じらいもないほうなので、これまでどおり、堂々と誘わせていただきます」

茨木はやけに清々《すがすが》しい口調でそう言った。安堵《あんど》の表情で、しかしなお真剣な面持ちで、京橋は茨木にこう言った。

「そうしてくれるとマジで助かるけど、でも、そういう気分じゃないときは、絶対に無理しないで、正直にそう言ってくれよ? 俺だって、その気になれないときは、そう言うから」

「……はあ」

「つまんないこと言ってると思うかもしれないけど、休みの前夜にするってのが、決まり事みたいになると嫌なんだ。お互いが、ホントにしたいときじゃないと、こういうことは……うん、しちゃいけないと思う。義務みたいにどっちかが思っちゃうと、俺たち、おかしくなる気がする」

どこまでも生真面目な京橋の懸念をようやく理解した茨木も、真顔になって頷いた。

「わかりました。約束しますよ。ところで、どちらかが欲していて、もう一方がそうでないときは、どうしましょうか」

「えっ？」

そこまでは考えていなかったのか、京橋は面食らって目を白黒させる。ただでさえ実年齢より若く見える童顔が、そんな表情をするといっそう際だった。

「あ、そ、そっか。そういう可能性もあるんだよな。ええと、でも、そこはこう、なんていうか、どうしてそういう気分じゃないかをきちんと説明すれば、きっと理解して納得できると思うんだけど……どう、かな」

戸惑いながらもそう提案してきた京橋に、茨木は笑って頷いた。

「ええ、僕も同感です。ではお互い、愛を交わす行為については、心を偽らないようにしましょう。……ところで、僕は現在進行形であなたを欲しているんです。あなたのほうは？　僕の記憶に誤りがないなら、今夜もずいぶん長風呂だったようですが」

いくぶん低い声でそう言いながら、茨木は、京橋の尻の下に敷いたままだった指を、軽く折り曲げる。その微妙な動きに、彼がしたいと思っている行為がありありと思い浮かび、京橋はピクンと身体を震わせた。

「んっ……も、もちろん、俺も……」

「よかった」

簡潔に安堵の声を漏らし、茨木は片手を伸ばした。サイドテーブルから小さなリモコンを取り上げ、寝室の照明を落とす。茨木としては、互いの姿をはっきり見ながら抱き合いたいところなのだが、それでは恥ずかしがり屋の京橋がガチガチに緊張してしまい、行為に集中できない。苦渋の妥協で、暗がりでことに及ぶことを受け入れたのである。

「んっ、ふ……」

何度もキスを重ねながら、互いのパジャマを剝《は》いでいく。こういうとき、耳鼻科医で細かい外科的処置に慣れている京橋は、意外と器用だ。ただ、素晴らしい手際のよさでパジャマの前をはだけたくせに、茨木の胸元に手を這《は》わせるときは、いつまで経ってもおっかなびっくりで、それが茨木の男の本能をどうしようもなく刺激する。

「可愛い人だ」

今夜もおずおずと触れてきた京橋の拙《つたな》い指を、茨木は思わずそんな声と共に自分の指を絡めることで捉《とら》えた。そのまま京橋の右手を、シーツに縫いとめてしまう。

「茨木……さん？」

「あなたの手が、不安げだったので。大丈夫、元気よく触っても、僕は消えたりはしませんよ」

「そんなのわかってるけ……あ、はっ」

囁きながら、茨木の唇は、京橋の細い首筋から胸元へと下りていく。まるでやわらかな生き物が這うように、ぬるりとした舌先で頸部《けいぶ》の筋肉をなぞられて、京橋は身を震わせた。

ゾクゾクする感じは、電流のように背筋を下り、下腹部に重くわだかまっていく。すべてを脱ぎ捨て、体中のあらゆる場所に茨木の、自分より体温の低いひんやりした肌を感じた。

「……っ」

ウエストにもう一方の手を差し入れられ、グッと腰を引き寄せられると、触れ合ったそこが互いに熱を帯びていくのがわかる。

「あっ、は、は、う……っ」

そのまま捏《こ》ねるように腰を動かされ、京橋は掠《かす》れた声を上げ、上半身を捩《よじ》った。

みるみる形を変えていく浅ましい自分に狼狽《ろうばい》する一方、硬さを増す茨木の熱に、不安と興奮がこみ上げる。茨木の手に縛められたままの指に、グッと力がこもった。

「こういうのも……もどかしくて、悪くないですね」

京橋の真っ赤な耳たぶを食《は》みながら囁く茨木の声は低く掠れ、吹き込まれる吐息は熱い。

日頃、温厚で冷静な茨木がどうしようもなく昂《たか》ぶっていて、その原因が自分だと思うと、京

橋の心は喜びに震えた。

「も……もどかし、すぎるよ……っ」

もっと強い、直接的な刺激がほしい……と言葉にするのは恥ずかしすぎて、京橋は茨木と握り合った手を、擦れ合ったままの下半身へと導いた。

「……いいですよ。あなたのお望みのままに」

ふふっと含み笑いをして、茨木は指をほどき、シーツに膝《ひざ》を立てる。身体が離れたせいで、肌寒さに身震いする暇もなく、大きな手が、頭をもたげ始めた京橋のものを、ゆるりと握り込む。

「ふっ、く」

求めていた刺すように強い快感に息を詰め、京橋は、恋人の広い背中にすがりついた……。


互いに男だけに、上りつめたあと、平静に戻るのは早い。身も世もなく乱れた自分の姿を思い出し、京橋がいたたまれない気分になるのも、いつものことである。

かたや、茨木のほうは、いかにも満ち足りた顔をして、自分の腕の中で身体を小さくしているパジャマ姿の京橋を見やった。

「大丈夫ですか?」

「大丈夫だけど……大丈夫じゃない。恥ずかしい」

ことのあと、京橋はいつも、そそくさとパジャマを身につけてしまう。その襟元ギリギリの場所にうっすらとしたキスマークを見つけ、茨木は目を細めた。

「誰だって、こういうときはむき出しの自分ですよ。恥ずかしがることはないのに」

「わかってるけど、やっぱり恥ずかしいよ。……俺、シャワーはもう朝にするけど、茨木さんは？」

「僕もそうしますよ。今はこのまま、あなたと寄り添っていたいですから」

てらいもなくそう言い、こちらは下着一枚しか着ていない茨木は、京橋を緩やかに抱き寄せる。裸の胸に頬を預けて、京橋はようやく人心地ついた気分で溜め息をついた。

「……うん。俺もそうしたい」

事後の恥じらいにはいまだに厳しいものがあるが、それでも、こうやって抱き合って眠るのは……たとえ朝になって、多少男の硬い腕枕のせいで首が凝っているとしても……なかなかにいいものだと思う京橋である。

今夜も、眠気が押し寄せるまま、心地よい疲労に身を任せ、眠りに落ちてしまおうと思った京橋が目を閉じたそのとき、優しく髪を梳《す》いていた茨木が、唐突に口を開いた。

「おやすみになる前に、僕には、言わなくてはならないことがあるんです」

「……え？」

いつになく真剣な口調に、京橋は、重い瞼《まぶた》を無理矢理引き上げた。わずかに首を巡らせ、至近距離にある茨木の面長な顔を見る。

「何？」

すると茨木は、やはり京橋のやわらかな髪を指先で弄《いじ》りながら、こう切り出した。

「僕たちが出会った場所のこと、覚えてらっしゃいますか？」

京橋は、不思議そうな顔をしつつも頷く。

「当たり前だろ？　病院の売店じゃないか」

「ええ。あなたはアメリカ留学から帰ったばかり、僕は売店の臨時店長でしたね」

「うん。……それが何？」

話の着地点どころか、向かう方向すら予想できず、京橋は透かすように茨木を見た。度の強い近眼のせいで、いささか目を細めて京橋を見返し、茨木は明るい口調でこう言った。

「週明けから、しばらくまた、その関係に戻ることになりました」

「ふうん………って、えっ⁉」

眠気のせいで、うっかり受け流しかけた京橋は、数秒後に驚きの声を上げ、跳ね起きた。枕に手をつき、悠々と寝そべったままの茨木の呑気《のんき》そうな顔を見下ろす。

「何て言った⁉」

「ですから、週明けからしばらく、また売店の臨時店長に戻ることに……」

「どうして⁉　まままさか、カリノ製薬、クビになったのかっ？」

「いえいえ、そんな。落ち着いてください、京橋先生」

茨木は子供を窘《たしな》めるような口調でそう言い、今度は青くなった京橋の頬にそっと触れた。

だが京橋のほうは、オロオロした様子で問いを重ねる。

「だって！　ちゃんとした研究者の職があるのに、なんで病院の売店に戻っちゃうんだよ！　おかしいだろ、そんなの！」

「いえ、ちゃんと説明しますから、落ち着いて。重ねて言いますが、僕はカリノ製薬を解雇されたわけではありません」

「ほ……ホントに？」

「ええ。ですから、布団に戻ってください。あなたが離れてしまうと、正直、肌寒いんです」

「あっ！　ご、ごめん」

自分が跳ね起きたせいで、茨木の上半身まで布団が剝ぎ取られ、素肌がむき出しになってしまっている。それに気づいた京橋は、動揺したまま、とにかく掛け布団と共に茨木の傍らに横たわった。

「それで、なんでそんなことになっちゃったんだよ！」

「あなたが、そんなに心配なさるようなことはないんですよ」

茨木は穏やかに笑って、京橋と自分に布団をかけ直しながら言った。

「かつてはお世話になったわけですし、売店の店長とは、辞めてからもたまに連絡を取っていたんですが、先日、お元気ですかとハガキを書いたら、また腰痛が悪化して、できたら手術をしたいとお返事が来ましてね」

京橋は、お馴染みの「売店のおばちゃん」のことを思い出しながら、「あー」と声を上げる。

「確かに、いつも腰曲げて、とんとん叩きながら歩いてるもんな。だいぶ悪いんだろうな、とは思ってた」

「ええ。何十年も前に患った椎間板ヘルニアが、徐々に悪化しているらしくて。いよいよ外科手術が必要なんだそうです。しかし、代わりの人間が見つからなければ、病院側としても、解雇して、新しい店長を雇わざるを得ないだろうと……」

「それはそうだろうなあ。売店が閉まってると、マジでみんな困るからな。……前に茨木さんが休んだときも、みんな、毎日店の前まで来て、閉店の札を見てブツクサ言ってたし。俺も、違う意味で気が気じゃなかったし！」

「……そ、その節は失礼しました」

K医大に入院していた父親の死後、茨木は臨時店長の仕事をしばらく休み、散骨のためにインドへ旅立った。しかもその際、恋人の京橋に何も言わずに行ってしまったために、それがきっかけで、二人は初めての大ゲンカをする羽目になったのである。

当時のことを思い出したのか、いささか棘のある口調でそう言った京橋を宥《なだ》めるように、茨木は白い額にキスをした。京橋のほうは、少しふてくされた顔つきで、茨木を軽く睨む。

「別に、もう責めてないし。……それで？　おばちゃんの危機はわかったけど、それで茨木さんがまたピンチヒッターを引き受けることにしたのか？」

「ええ。いよいよ、朝、身を起こすのすらつらくなってきたと彼女が言うので、善は急げということで、再び僕が臨時店長になることにしました。もう勝手知ったるなんとやらですから、彼女も安心して仕事を任せられるでしょうしね」

京橋は、戸惑いながらも同意する。

「それは、確かに茨木さんが代理店長としては、いちばん適任なんだと思う。おばちゃんも、きっと助かるだろうし。だけど……会社のほう、どうするんだよ？　売店、それなりに長い時間開けてるし、会社の片手間ってわけにはいかないだろ？」

もっともな質問に、茨木は立て板に水の滑らかさで答えた。

「ええ。ですから、有給休暇を取ることにしました。かなり溜まっていて、会社からも、早く消化しろと言われていたことですし」

「有休？」

「ええ。とりあえず一ヶ月ほど」

「一ヶ月も⁉　ああいや、でもヘルニアの手術だもんな。リハビリも入れれば、そのくらいは必要か。だけどそれ、会社自体はよくても、研究のほうはいいのか？」

「大丈夫です。大きなプロジェクトが終わったばかりで、次の開発に取りかかるまで、しばらく暇なタイミングでしたから。でなければ、いくら有休が溜まっているといっても、会社が易々と長期休暇をくれたりはしませんよ」

「それもそっか」

「仕事に関しては、ご心配いりません。まったくもって円満な、普通の休暇です」

「そりゃよかったよ。……はあ、ビックリした」

「ご心配をおかけしてすみません。急な話だったので、つい事後承諾になってしまいました。あなたの許しもなく……」

ようやく身体から力を抜いた京橋は、笑みを浮かべてかぶりを振った。

「確かに隠し事は嫌だけど、そういう事情なら仕方がないよ。俺が許すとか許さないとかの問題じゃないし。おばちゃん、喜んでたろ？」

茨木も、サラリと笑って頷いた。

「ええ、とても。僕も、お世話になった方に恩返しできるのは嬉しいですし、何よりまたあなたと一つ屋根の下で働けると思うと、ワクワクしますよ」

「一つ屋根の下って……ずいぶんでっかい屋根だけどな」

「それでもです。なんだか、同じ場所にいるというだけで、僕は嬉しいんですよ。それに、しばらくの間ですが、仕事のあと、待ち合わせて一緒に帰れますね」

「ホントだ。待ち合わせとか高校生みたいで照れ臭いけど、そういうのもいいな。そっか、茨木さん、しばらくまた売店にいるんだ。……あれ、忘れずに仕入れてくれよな？」

「はい、ハチミツ梅のど飴ですね。ちゃんと覚えていますよ」

「さすが！　はあ、ホッとしたら急に眠気が戻ってきた」

「本当に、驚かせてごめんなさい。ゆっくりおやすみなさい」

「うん、おやすみ」

京橋ははにかみながらもすっかり安心した様子で、茨木の腕に頭を預ける。無防備なパジャマの肩を抱いて、茨木は心の中で苦笑いした。

もしここに楢崎千里がいたら、「この大嘘つきが」と、険しい顔で吐き捨てたことだろう。人のいい京橋は、これが純然たる人助けだと信じ込み、茨木を疑う気配もない。

（でも……嘘ではない。断じて、嘘ではないんだ）

そんな純粋な京橋を、いくら社外秘とはいえサラリと騙している自分に良心が咎《とが》めて、茨木は心の中で思わず呟いた。

確かに、京橋に話したことは、すべて真実である。会社にK医大へ戻る手段があるかと打診されたとき、ふと売店の店長のことを思い出し、連絡を取ってみた。すると案の定、彼女は重い腰痛に苦しんでおり、茨木が代理店長として戻り、その間に彼女は腰の手術を受けるという提案に飛びついたというわけだ。

結果として、彼女を利用したことに変わりはないし、京橋に打ち明けていないこともあるが、今、話したことはすべて本当で、そこに嘘はない。自分の、恋人に対する誠実さに欠けはないと心の中で主張して、茨木は罪悪感を振り切るように目を閉じた……。

＊　＊

「おはよう、楢崎先生」

聞き慣れた声と共に後ろから肩を叩かれ、ロッカールームで着替え途中だった楢崎は、思わずびくりとして振り返った。

そこに立っていたのは、消化器内科の講師であり、病棟長を務めている駒井岳彦《こまいたけひこ》だった。研修医時代、楢崎の指導医《オーベン》でもあった人物であり、楢崎にとっては、消化器内科では特に親しい間柄だった。

「お、おはようございます、駒井先生」

慌てて平静を装った楢崎だが、普段、不敵なほど平常心な彼だけに、少しの驚きが必要以上に目立ってしまう。駒井は、怪訝そうに眉をひそめた。

「どうした？　僕に挨拶されるのが、そんなに驚きか？」

「いえ、そんなことは。ただ、週の頭なので……」

「なので?」

「今週の治療方針についてカンファレンスでどう説明しようか、迷う患者が何人かいまして。それで……」

「ああ、考え事の最中だったか。そりゃ、邪魔して悪かったね」

愁眉《しゅうび》を開いた駒井は、快活にそう言って、自分のロッカーを開けた。スーツのジャケットを脱いでハンガーにかけ、パリッとした白衣に袖《そで》を通す。

若い頃から、名前に違《たが》わず登山が趣味の彼は、五十代になった今も、月に一度はあちこちの山に登っているらしく、身長こそ楢崎より低いが、体格はよほどガッチリしている。臨床一筋で、論文を書く暇があったらオペをする、という性格だけに、出世とは縁がなく、本人も、定年まで病棟長を務め、その後は地方病院で登山を楽しみながら、死ぬまで現役医師でいたい……と公言している。

そんな豪放磊落《らいらく》な性格なので、神経質であまり本心を表に出さない楢崎とは対照的なのだが、真逆なだけにぶつかる機会がむしろなく、二人はずっと良好な先輩後輩関係を保っている。

「ぼんやりしていて、俺こそすみません」

楢崎も素直に謝り、自分の白衣を広げた。

「いやいや。経験を積んでも、カンファに真摯に取り組むその姿勢やよし、だ。その白衣も、楢崎先生にはよく似合っててかっこいいな。じゃ、お先に！」

楢崎愛用のダブルの白衣を褒めて、自分は病院から配給されるシンプルな白衣の前を留めながら、聴診器を首に引っかけ、駒井はロッカールームを出ていく。

その後ろ姿を見送り、楢崎は小さく嘆息した。

「くそっ、茨木め。あいつが厄介なことを言い出したせいで、俺がこんな落ち着かない思いをする羽目になるとは……」

土曜の朝に起床したとき、彼のノートパソコンにはすでに、茨木からメールが届いていた。

そこには、前回の治験チームと今回の治験チームで重複している四人のメンバーの氏名と職分が簡潔に記されていた。

一人目が、さっきの駒井岳彦。三年前にも病棟長として、治験チームのリーダーを務めていた。今回も、同じ立場でチームを統括する役割を果たしており、実際に、数人の患者について は、主治医も兼ねている。

二人目は、楢崎と同じ助手待遇ではあるが、歳《とし》は彼より三つ上の、鮫島俊夫《さめじまとしお》。今回は、前回と同じ、主治医のひとりとしての参加である。

三人目は、看護師の日高江美子《ひだかえみこ》。経験を積ませるという意味で、治験チームに携わる看護師は、毎回交代で務めるのが常である。彼女は、偶然、一昨年に続き、二度目の参加となった。

そして、四人目は、治験コーディネーターの江田《えだ》スミレ。治験コーディネーターとは、治験に携わる医師の指示のもと、治験参加者の管理やケアを担う存在で、スミレ自身は薬剤師の資格も持っている。まだ年齢は三十代前半だが、経験豊かな人物だ。

楢崎は、三年前も今回も、治験のメンバーにはなっていない。しかし、同じ職場だけに、駒井、鮫島、江美子とは顔見知りであるし、スミレとも顔を合わせれば、挨拶くらいはする。ただ、人柄を知っているのは、駒井だけだ。

その駒井に朝から声をかけられて、つい動揺してしまった自分の不用意さが、楢崎にはいまいましい。

「くそ。別に、俺が四人を疑ってかかる必要はないんだ。ただ、何か漏れ聞こえてくることがあれば、茨木に伝えればいい。それだけだ。約束したのは、それだけなんだからな」

小声でひとりごちながら、楢崎は白衣を広げ、舌打ちをした。

彼の白衣はそれなりに高価で、デザインが気に入ったものを自腹で購入している。しかし、洗濯は病院内のランドリーに出すため、丁寧に手洗いというわけにはいかず、大きな洗濯機やドライヤー、それにプレス機を使って洗い上げられ、畳まれて返ってくる。

そのプレス機がくせ者で、必要以上に力が強いらしく、しょっちゅうプラスチックのボタンが割れて戻ってくるのだ。

今回も、上から二つ目のボタンが真っ二つにされ、半分が消えていた。

「……幸先が悪いな」

ボタンはあとで親切な看護師長につけてくれるよう頼むとしても、それまでは他の白衣を着るしかない。二着目を広げながら、楢崎は湧《わ》き上がる理不尽な苛立ちに任せ、革靴のつま先でロッカーを蹴飛《けと》ばしたのだった。

臨床では、各医局がほぼ毎朝、決まった時間にカンファレンスを開く。参加するのは医師と看護師の一部、それに臨床実習の学生で、入院患者の情報を皆で共有し、治療方針について検討するのが主な目的である。

楢崎がカンファレンスルームに入ると、まだ、集まりはほどほどだった。

体育会系の外科と違い、内科は……特に楢崎のいる消化器内科は、人数が多いせいもあり、医師全員がカンファレンスに参加するわけではない。主治医は無論、出席しなくてはならないが、患者を持たない医師は、顔を出さないことがほとんどだ。しかも大多数は、開始時間ギリギリに来るのが常である。

そんな中、机の上に小型のノートパソコンを広げ、電子カルテを一生懸命読んでいる人物の姿に、楢崎は目を留めた。

歩み寄ってくる楢崎に気づき、その人物は顔を上げる。どこか楢崎に似た、しかし彼よりずっと線の細い雰囲気の青年は、水色のケーシーの上下に、実習用の白衣を身につけていた。首からは、安物の聴診器が下がっている。

「おはようございます、楢崎先生」

慌てて立ち上がり、あからさまに緊張して挨拶をする眼鏡の青年に、楢崎は鷹揚《おうよう》に挨拶を返した。

「おはよう。なんだ、学生はまだお前だけか」

「はい。そうみたい、です」

申し訳なさそうに頭を下げた彼は、楢崎が担当している臨床実習生の大野木《おおのぎ》甫《はじめ》である。とにかく真面目なのだが、融通というか応用が利かず、教科書どおりにいかない臨床現場での経験に、ずいぶんと苦戦している様子だった。

「何をしていた?」

楢崎は、大野木の隣に座り、ノートパソコンを覗《のぞ》き込んだ。モニターに出ているのは、楢崎が担当している患者のカルテである。

「谷崎《たにざき》さんの検査データを、見直してました。発表するのに、間違いがあってはいけないと思って」

「……ああ、そうだったな」

楢崎は、軽く嘆息した。

実習の一環として、楢崎は、カンファレンスでの患者の病状報告を、学生に任せることにしている。できるだけ簡潔に、しかし正確に重要ポイントをまとめなくてはいけないので、学生にとってはいい勉強になると考えてのことである。

たいていの学生は、緊張しながらもそれなりに上手くやるのだが、この、四角四面で要領など欠片《かけら》もないような大野木にとって、「要約」はさぞ難しい作業なのだろう。彼の手元にあるメモ帳には、さんざん推敲した発表原稿が書きつけてあるが、パッと見にもいささか長すぎる。

「お前、それを全部喋る気か？」

「え……？　あ、はい。一応、大事だと思うことを書き出してみたので」

座り直した大野木は、ガチガチに緊張した顔で、メモ帳を楢崎に押しやる。楢崎は、もう一度溜め息をつきながら、胸ポケットに差してあったボールペンを手にした。

「そうだな。国試的には大事かもしれんが、ここでは必要ないことも多い。これは、言わなくてもみんなわかっているからいい。これもだ。ここでは常識だからな。これも」

時間があれば、なぜ必要でないかを説明してやってもいいのだが、カンファレンス開始まで、もう十分ほどしかない。楢崎は、赤色のボールペンで、長時間かかって書き上げたとおぼしき大野木の原稿に、ざくざくと線を引き、情報を削除していく。それを、大野木は少し悲しそうな目で見ていたが、異を唱えようとはしなかった。

「ほら、ずいぶんスッキリしただろう。カンファレンスには、この程度でいいんだ。あと、治療方針については、俺から話す。多少、煩雑だからな」

「……わかりました。あの、ありがとうございます」

落胆を隠せず、しかし大野木は律儀に深々と頭を下げ、指導に礼を言う。楢崎が何か言葉を返そうとしたとき、横から、おっとりした女の声がした。

「あらー、また楢崎先生の学生いじめですか?」

「!」

二人の視線が、声の主に注がれる。淡いピンク色のナース服に、ベージュ色のカーディガンを羽織って立っているのは、くだんの治験チーム、疑惑の三人目……日高江美子だった。

カンファレンスでは、無論、現在進行中の治験の話も出る。それだけに、治験チームはほぼ全員が出席するのが当然で、江美子がここにいるのも不思議はない。少し離れたところに、四人目のコーディネーター、江田スミレの姿もある。

「いじめじゃない、指導だ。人聞きの悪いことを言うな」

楢崎は、江美子をジロリと睨み、ツケツケと文句を言った。もう六年ほど消化器内科の病棟に勤務している江美子だけに、年下ではあるが、楢崎に対する態度にはあまり遠慮がない。さほど美人ではないが、人好きのする笑顔と、のんびりした人柄で、患者からは人気がある。キビキビしていないわりに仕事はきっちりこなすので、楢崎も、それなりに彼女のことは信頼していた。

「でも、楢崎先生の担当する学生さんは、いつも大変そうですもん。宿題、出されるんでしょ？」

後半は、大野木に向けられた質問である。大野木は、ちらと楢崎を見て、ごく控えめに頷く。

「はあ、まあ」

「指導教官が、学生に課題を出すのは当然だ。要領よくやれば、夕方までに終わる程度だし、適切な指導の範囲内でやっている。いちいち悪いほうに話を持っていくんじゃない。だいたい、実習とは現場を学ぶために行うものだぞ。楽をさせるのが、本人のためになるとでも思っているのか？」

「はあい、すみません。口で楢崎先生に勝てるはずがないんでした」

やはりのんびりと悪びれない笑顔でそう言い、頑張ってねと大野木に声をかけて、江美子はそそくさと楢崎から離れた。

スミレは、そんな二人のやり取りを小さく笑って見ている。

白衣やケーシー、ナース服の人間ばかりがひしめくカンファレンス室において、地味とはいえ、スーツ姿のスミレは、ただ片隅に静かに座っているだけで目立つ。

すらりとした長身で、長い髪を後ろできっちりまとめ、薄化粧をしたその顔は、いかにも頭のいい理系女子といったふうである。ただ、コーディネーターという仕事上、お高くとまったところはまったくなく、医師と患者の意思疎通を助けるその手際のよさには定評があった。

「とにかく、ここところだけ忘れずに言えば、問題はない。大丈夫だな？」

「は、はいっ」

「落ち着いてやれ」

開始時間が迫り、カンファレンスルームには、どっと人が入ってくる。大野木を励ますべく、肩をポンと叩き、楢崎は前に向き直った。最前列の席、教授と准教授に並ぶ場所には、駒井が着席している。そして通路を挟んだ隣の机には、リストの二人目に名を記されていた、鮫島助手の姿もあった。

（疑惑の四人が、一室に揃ったというわけか……）

無論、その四人が重複したのは単なる偶然で、データを流出させたのは、それ以外の、今回はチームに入っていないメンバーだった可能性も大いにある。むしろ、その可能性のほうが大きいかもしれないし、それならば、今回は流出は起こらないだろう。

それは茨木も口にしていたし、楢崎も重々わかっているのだが、茨木からのメールにあった、「その四人について、特に注意しておいてください」という一文が頭にこびりついて、どうにも離れてくれないのだ。

茨木の依頼というのがどうにも癪《しゃく》に障るが、楢崎とて、自分が所属している医局の不祥事は御免被りたいところだし、未然に防げるものなら防ぎたい。まして、疑惑のひとりに、自分の先輩である駒井が入っているのが、何よりも気に入らない。

（少なくとも、駒井先生の疑惑だけは、きっちり晴らしておかねばな）

そんな思いを胸に、楢崎は、最後に入室してきた教授と准教授に、他の医局員同様、軽く頭を下げた……。

幸い、楢崎の担当患者に関しては、大野木の病状報告もまずまず上手くいき、楢崎が考えている治療方針も、これといった異義なく教授の許可が下りた。

ひとまずはホッとして、楢崎は他の患者の情報を聞きつつ、隣であからさまに安堵の表情を浮かべる大野木の二の腕を小突いた。

「おい」

「はっ、はい⁉」

「しっ。……さっきのメモをよこせ」

「あ、はい」

小声で促す楢崎に、大野木はメモ帳を従順に渡す。楢崎は、おそらくは大野木の一晩がかりの力作であろうメモを、ビリビリと破り取った。

「！」

カンファレンスの邪魔になってはいけないと自制したのか、叫び声こそ上げなかったが、大野木の口が見事なOの字になる。楢崎は、むしったメモを二つ折りにすると、自分の白衣の胸ポケットに突っ込み、厳しい目で大野木を見た。

「立派な個人情報、しかも病気に関する情報だ。学生が持ち歩いていいはずがないだろう。お前がメモを落としでもしたらどうする」

「あ……あ、そうか。そうでした。すみません」

大野木は、繊細そうな顔を引きつらせ、囁き声で謝罪する。なんだか自分が本当に学生いじめをしているような気分になり、楢崎はほんのわずかに表情を緩めた。

「それだけ熱心に見ていれば、カルテはもうすべてその頭に入っただろう。これは、俺がシュレッダーにかけておく。患者さんの情報の扱いには、慎重の上にも慎重にな」

「はいっ」

「発表は、よくできた」

たった一言、しかも事実を口にしただけの褒め言葉だったが、大野木が臨床実習に来てからもう一週間、一度も褒められたことがなかっただけに、彼は青ざめていた顔を、みるみる紅潮させる。

「は、はいっ、ありがとうございます！」

（もう少し、褒めてやったほうがよかったか……。こいつは熱心だし、それなり目をかけているつもりなんだがな）

相手の喜びように、自分がこれまでいかに厳しかったかを思い知らされ、楢崎は苦笑いで、ちゃんと他の患者の話も聞けと、手振りで大野木に命じた。

一方、カンファレンスの話題は、いよいよ問題の治験へと移っている。チームリーダーである駒井が、フェーズ2に入った治験が、問題なく進行していること、患者の投薬もスムーズに進んでいることなどを、皆に報告している。

（それにしても……ただ同じ医局にいるというだけでは、治験の情報など、カンファレンスでこうして話を聞く程度だ。およそ、茨木の欲する治験チーム内の個々の人間の情報など、把握できそうにないがな……）

学生にはちゃんと聞いておけと指示したくせに、自分は半ば上の空で、楢崎は思いを巡らせた。

いまだに、治療で迷ったときは相談を持ちかける駒井ならば、それなりに人となりは知っているし、個人的に飲みに誘っても、不思議には思われまい。

しかし、他の三人に関しては、楢崎は顔と名前以外、ほとんど知らないのだ。そしてこの先も、知るチャンスはないと思われた。

（茨木の奴め。俺に協力を求めるのは、まったくの無駄骨だぞ）

初日から、そんな投げやりな気持ちでいた楢崎は、不意に駒井に名を呼ばれ、ハッと我に返った。

「は……はい？　なんでしょうか、駒井先生」

今朝《けさ》と違い、今回は一応カンファレンス中だという緊張感があったのか、楢崎は驚きを顔に出さず、平静を取り繕って返事をすることに成功する。駒井は、目の前の大きなモニターに映った患者の造影写真を示しながら、楢崎に言った。

「実は、治験に参加してくれていた患者のひとり……大村《おおむら》さんに、大腸癌の可能性が出てきたんだ」

楢崎は、茨木のことは瞬時に忘れ、専門医の顔になって、言葉を返す。

「クローン病の癌化ですか。潰瘍性大腸炎に比べれば多くはありませんが、症例は相当数報告されていますね」

打てば響くような後輩の言葉に、駒井も満足げに頷く。

「そうだ。ただ、うちの医局では、まだ二人目でね。経験豊かとは言えない状態だ。とりあえず、大村さんは精密検査に回すことにした。ついては、消化器癌が専門である君に、助力を頼みたいんだが、かまわないかな？　教授のお許しはいただいているんだが」

楢崎は、即座に頷く。

「もちろんです。……しかし、治験のほうは？」

「実は、大村さんに服用してもらっているのは、比較用の既存薬のほうでね。検査段階では、治験から外れてもらう必要はないだろう」

それを聞いて、楢崎の心臓が、ほんのわずか鼓動を速める。

「では……ある意味、俺も治験チームに噛むということに……?」

「なるね。まあ、君に治験のほうで手を煩わせることはないと思うし、知らないメンツでもないんだし、かまわないだろう?」

「え、ええ、いっこうに。わかりました。カンファレンス後、早速詳しいお話を聞かせてください」

「よろしく頼むよ」

駒井は、気のいい笑顔でそう言い、また治験の進行に話を戻す。

(なんてことだ……。一瞬にして、俺も関係者の端くれになってしまった)

いささか呆然《ぼうぜん》としつつ、楢崎はポーカーフェイスのまま、微かな動揺を発散するように、手にしたままのボールペンを器用に回した。

そして、それを打ち明ければ、きっとしてやったりな顔をするであろう茨木のことを思い、どこからともなく湧いてきた苦虫をボリボリと噛み潰したのだった……。

第三章　ボタンのかけ違い

月曜日の昼はいつも、他の日よりもたくさんの客が、定食屋「まんぷく亭」に押しかける。

なぜ月曜なのかはよくわからないのだが、あるいは週末を自宅で過ごし、家庭の優しい味つけを満喫したせいで、いささか濃い味のジャンクな食事が恋しくなる人が多いのではないか……というのが、マスターの推論だ。

それが正しいか否かは別にして、今日も開店と同時に小さな店は満席になり、そこからは、店の外に数人の待機列が途切れることなく続いている。

「はいっ、待ってる間に注文決めといて。今日の日替わりは、豚生姜《しょうが》焼きだよ！　はーい、そっちは日替わり二つと、カレーライス一つを目玉焼き載っけね！」

テーブルの間を大きな身体で飛び回りながら、万次郎はテキパキとオーダーを取り、厨房に駆け込む。

「マスター、何手伝う?」

「おう、日替わり用のナポリタンを作ってくれや」

「わかった!」

日替わりの生姜焼きを何人分もまとめて作るため、小柄なマスターは、大きなフライパンを見事に振って肉を踊らせている。万次郎はその隣で、小振りなフライパンを火にかけ、バターの塊を放り込んだ。

溶けたバターが小さく泡立ち始めたところで、茹《ゆ》でてあった太めのスパゲティを投入し、手際よく混ぜて、前もって炒めておいたタマネギとピーマンとハム、それに缶詰のマッシュルームを放り込む。あとは塩胡椒《しおこしょう》、ケチャップとほんの少しのウスターソースを絡めれば、美味しそうなナポリタンスパゲティのつけ合わせの完成である。

高校時代から、万次郎はここでアルバイトを始めた。最初は、おかみさんの補助として、掃除や皿洗い、配膳を手伝うばかりだったが、次第に注文を取れるようになり、やがて厨房にも出入りするようになって、今では、つけ合わせや簡単なメニューを任せてもらえるようになった。

大きなレストランなどなら、鍋《なべ》を持たせてもらうまでに十年かかることもあるというから、自分はずいぶんと恵まれていると思う万次郎である。

「マスター、できたよ!」

一声かけてから、万次郎は、日替わり用の楕円形の皿を人数分並べ、皿の端っこに、菜箸を使って作りたてのナポリタンをこんもりと載せた。その横には山盛りの千切りキャベツ、そして小振りのスクーパーを使って、ポテトサラダも半球形に整えて添える。

そこへマスターが大きなフライパンを軽々持ってやってきて、鮮やかな手つきで、ツヤツヤにタレの絡んだ生姜焼きを盛りつけた。あっという間に、日替わり定食のメインができ上がる。

「おかみさん、日替わり四つ上がり！」

「はいよ」

カウンター越しに万次郎が声をかけると、これまた小柄でふっくらした体格のおかみさんが、皿を年季の入ったアルミのトレイに載せ、客席に運んでいく。

スタッフはマスター夫婦とバイト店員の万次郎だけという小さな店だが、三人の連携がいいので、客たちは、注文してほんの数分で料理にありつくことができる。

皆、短い昼休みにわざわざ足を運んでくれているので、できるだけゆっくりと、しかも作りたて熱々の料理を味わっていってほしいというのが、マスターの口癖なのである。

「次、日替わり三つ。カレーライス目玉焼き載っけ一つ、あと……日替わり二つと、豚汁定食一つ、ラーメン一つ！」

フライパンを洗いながら、万次郎はオーダー表を読み上げる。

「日替わり五つは俺がやる。あとは頼むな、まんじ」

「はーい」

そう言う間にも、マスターはざっとフライパンを洗い、早くも冷蔵庫から肉を取り出している。万次郎に任されたのは、カレーといい豚汁といい、前もって作ってあるものばかりだが、それでも仕上げ作業が必要だし、ラーメンに関しては、他の料理ができ上がるのに合わせ、タイミングよく麵《めん》を茹で上げなくてはならない。

「よーし、やるぞ！」

万次郎は、大張りきりで作業に取りかかった。


そして、閉店時間の午後二時には、日替わりはとっくに終了し、他の単品メニューにも、ちらほら売り切れが出ていた。

暖簾《のれん》を下ろしても、後片づけと掃除、それに翌日の仕込み作業が待っているのだが、その前にひとまず奥の部屋でお茶を飲み、三十分ほどくつろぐのが、三人の毎日の習慣になっている。

「はい、まんじ君。今日はあんまり残り物がないけど、チャーシューと味つけ卵があるからまあまあ贅沢だわね」

おかみさんはそう言って、自分とマスターの前にはお茶菓子を、万次郎の前には、どんぶり飯と、おかずになりそうな残り物を何品か並べた。

「いただきますっ！」

開店前にまかないを食べてはいるのだが、やはりハードな労働のあとには小腹が空《す》く。万次郎は大喜びで、まだ温かいご飯の上に、ラーメン用のチャーシューと煮卵を載せた。そして、半熟の煮卵を崩し、すべてを一緒に頬張る。

もりもりと「おやつ」を平らげる万次郎を笑顔で見守りつつ、マスターはふとこう切り出した。

「なあ、まんじよう」

「はひ？」

何、と言いたかったのだろうが、口にご飯がいっぱい入ったままの万次郎は、不明瞭な返事をして、いつになく真面目なマスターの顔を見る。

「お前、前に言ってたろ。借金返して、貯金するって。上手くいってんのか？」

口の中のものを熱いお茶で飲み下し、万次郎は頷く。

「うん。借金は返したし、前に話したみたいに先生んちに居候させてもらってるから、お金もちょっとは貯《た》まったよ。なんでそんなこと訊《き》くんだよ、いきなり？」

マスターは、塩辛い顔をしかめ、どうにも言いにくそうに答える。

「いやあ……金が貯まったら、お前、大学行きたいとも言ってたよなあ。それ、今もそうか？」

予想もしなかった質問に、万次郎は茶碗と箸を持ったまま、曖昧に首を傾げる。

「うーん……」

すると、マスター夫婦は顔を見合わせ、おかみさんのほうが、少し困り顔で口を開いた。

「いやね、あんたが勉強したいってんなら、いいことだとは思ってんのよ。あたしも、うちの人も学がないから、あるに越したことはないってわかってるしね。でもまんじ君、勉強が得意とか大好きとか、そういうふうには、悪いけど見えないからねえ」

「え？　いや、あ、うん。別に、勉強が得意ってわけじゃないよ、俺。ここで働くようになって、料理の勉強は大好きになったけど、学校の勉強は……正直、あんまし」

マスターは、我が意を得たりと急に活気づき、拳《こぶし》で胸を叩いた。

「んなこたぁ、見てりゃわかるっつうんだ。それに、うちの仕事もずいぶん慣れて、俺もお前に色々任せられるようになってきたろ、最近」

二人が何を言いたいか理解できず、万次郎は眉根を軽く寄せ、頷く。

「うん。だから何？」

するとマスターは、思い切ったようにこう言った。

「お前、大学なんか行かずに、いっそこの店継がねえか？」

「……は!?」

万次郎は、ギョロ目をパチクリさせ、茶碗をちゃぶ台に置く。いやね、と、おかみさんが慌てて言葉を添えた。

「ほら、うちは子供がいないでしょ。あたしたちが開いた店だもん、あたしたちが暖簾を下ろせばそれでいいと思ってたんだけどねえ。あんたが来てくれて、うちの人もあたしも、欲が出ちゃって」

「欲？」

首を捻《ひね》る万次郎に、マスターは胡座《あぐら》をかいた自分の膝を指先でとんとん叩きながら、早口に言った。

「やっぱよう、年食ってくると、自分の腕っつうか味っつうか、そんなもんを誰かに伝えたいと思っちまうわけだ。そんで、それがお前なら、かみさんも俺も、安心してこの店、譲ってやれると思ってな」

「えっ？」

「やあ、譲るなんて大袈裟なもんじゃねえ。お前が知ってるとおり、猫の額みたいな土地だし、建物だってボロだ。けど、常連客はしっかりついてるし、手を入れりゃ、この店だってまだまだ使える。……なあ、考えてみる気はねえか？」

ようやく二人の意図が理解できた万次郎は、もそもそと胡座を解き、正座に座り直した。

「それ……ホントに、そう思ってくれてんの？　俺、赤の他人だよ？」

するとニ人とも、真剣な面持ちで、同時に深々と頷く。先に口を開いたのは、おかみさんのほうだった。

「あんたが来てくれてから、あたしたちの話は、あんたのことばっかし。まんじ君があんなことした、こんなこと言った、あんな料理が作れるようになった……ってね。自分たちに息子がいたら、きっとまんじ君みたいだっただろう、いやあ、あんないい子は、この二人からは生まれなかっただろうって、そりゃもう同じ話を何年も何年も」

マスターも、短く刈り込んだ頭を、照れ臭そうにボリボリと掻《か》く。

「こちとら勝手に、お前のことは、神様仏様が、俺たちに恵んでくれた息子だと思ってんだ。だからよ。もしお前がホントに大学に行きたいってんなら、そりゃ腹の底から応援する。けど、もし、うちを継いでもいいと思ってくれるんなら、俺たちゃそのつもりで、お前が一人前になるまで、褌《ふんどし》を締め直してもう一踏ん張りしようってな。まあ、手前勝手な考えなんだがな」

「息子……」

「息子ってのは厚かましいか。せいぜい祖父《じい》さん祖母《ばあ》さんだよな、歳を考えりゃ」

「いや……あの、俺」

咄嗟に答えられない万次郎に、マスターは慌てて手を振ってこう言った。

「ああ、今じゃなくていい。俺もかみさんも、まだまだくたばりゃしねえから、ゆっくり考えてくれりゃあいいんだ。お前がどんな答えを出そうと、俺たちのお前に対する気持ちは変わらねえ。自分がいちばん幸せになると思う将来を、お前は選べばいいんだからな?」

「そうよ、あたしたちに気を遣ったりはしないでね。あんたの一生のことなんだから、大事に大事に考えなさいよ」

「う……う、う、うん」

思いもよらない夫婦の温かな気持ちに胸を打たれ、万次郎は上手く言葉を発せられないまま、こくこくと何度も頷いたのだった。


その頃、楢崎は病棟の裏手、夜間搬入口の前で、茨木と待ち合わせていた。

懐かしの臨時店長姿、つまりネルシャツにジーンズ、そしてエプロンを着込んだ茨木が、納品チェック用のバインダーを小脇に抱えたまま、バタバタと走ってくる。楢崎に携帯メールで呼び出され、仕事の途中で駆けつけたらしい。

「お待たせしました!」

息を乱しながらの茨木の挨拶に、楢崎は腕組みしたままもたれていた壁から背中を離し、仏頂面で言った。

「六分待った」

売店からずっと駆けどおしで来たのだろう、茨木はうっすら汗をかき、シャツの胸元をパタパタさせながら謝った。

「すみません。ちょうど、業者さんが納品に来られるタイミングだったものですから。いやあ、昔取った杵柄《きねづか》とはいえ、ブランクがあると、やはり勘が鈍ってますね。お客さんにも業者さんにも、今日はご迷惑を駆けどおしです」

そんな正直な弱音に、楢崎も気軽に呼びつけたことにいささか気が咎めたのか、いかにも一応といった口調で訊ねた。

「復帰初日だ、多少の不手際は仕方あるまい。……それより、店を抜けてきて大丈夫なのか？」

「はい。この時間帯には、まだパートさんがいてくれるので。それで、何か進展が？」

「進展というほどでもないが……」

楢崎は、今朝のカンファレンスでのことを簡潔に話した。茨木は、首からかけたタオルで汗を拭《ふ》きながら話を聞いていたが、やがて微妙な表情で口を開いた。

「では、先生は今回の治験チームの一員に……」

「そこまで深くかかわるわけじゃない。治験参加者のひとりの治療に加わるというだけだ。本人の受診は明日だから、そこで精密検査をして、今後の方針を検討することになる。クローン病から発生したとおぼしき腫瘍《しゆよう》の正体と程度が、問題になってくるな」

「ふむ……」

「幸か不幸か、本人は、治験薬を投薬されるほうではなく、既存薬を服用する対照群のほうだ。経過観察か保存的治療でケアできるようなら、治験から外れる必要はなかろう。しかし、外科に回すようなら、話は変わってくる。治験対象からは外れるし、俺が治験チームとかかわるのも、そこまでだな」

「……なるほど。僕としては、先生が治験チームとわずかでも接点を持てるようになったのはありがたいですが、事情が事情だけに喜べませんね。ところで先生、金曜の夜にお知らせしておいた、一昨年と今回の治験で重複している四人の方ですが……。現時点での先生の印象は、いかがですか?」

そう問われて、楢崎はあからさまに渋い顔をした。

「病棟長の駒井先生は、俺が入局してからずっとお世話になっている」

「おや。では、よくご存じで?」

「ああ。正直、消化器内科は、将来の開業を見越して、腰掛け的に在籍する人間も少なくないんだが、駒井先生は違う。仕事熱心で、同僚からも患者からも、信頼は篤《あつ》い」

「ふむ……。医局の信用を落とすようなことはしない方だと?」

「当然だ。ただひたすら臨床が好きで、出世街道には目もくれない。万年講師だが、誰よりも博学で経験豊か……言うなれば、海上自衛隊の先任伍長《ごちょう》みたいな存在だ」

奇妙なたとえをする楢崎に、茨木は苦笑いした。

「それはまた、マニアックな表現ですね。ですが、意味は理解しました。先生も、駒井先生のことを慕っていらっしゃるようだ」

「無論だ。俺がお前なら、駒井先生のことは、真っ先に容疑者リストから外すだろうな」

楢崎はキッパリとそう言った。

孤高を気取る楢崎が、他者への信頼を明言することは滅多にない。決して心から打ち解けた関係ではないにせよ、京橋絡みで楢崎ともそれなりにつきあいがある茨木だけに、楢崎が、駒井病棟長に破格の信頼を寄せていることは感じ取れた。

そこで茨木は、駒井に関してはそれ以上訊ねることをせず、話の方向を変えた。

「わかりました。では、他のお三方についてはどうでしょう?」

楢崎も、駒井の潔白について主張できてある程度満足したのか、待たされた不機嫌を徐々に冷徹な顔から払拭《ふっしょく》しつつ、迷いのない口調で問いに答える。

「病棟看護師の日高江美子とは、それなりに会話がある。日常的に病棟で顔を合わせるし、処置の補助を頼むこともよくあるからな」

「どんな方ですか?」

「年齢はたぶん、まだ三十にはなっていないだろう。確か独身だ。男がいるかどうかは、俺の知ったことではない。……美人ではないが、目も当てられないというほどでもない。愚鈍ではないにせよ、打てば響くというわけでもない」

「……つまり、極めて普通だと」

「そういうことだ。だが、仕事はきっちりするし、ミスは少ない。意外と記憶力もいい。ストレスの多い職場だ。どうしてもギスギスしがちな中で、彼女はいつもおっとりしているから、患者からはウケがいいようだな」

「ふむ。まさに、治験チームにはうってつけの人材ですね」

茨木は相槌を打ちながらも、決してメモを取ろうとはしない。

ただ、いい加減に聞き流しているのでないことは、その目を見ればわかる。丸みのあるフレームの眼鏡で上手くごまかしているが、真剣なときの茨木の目は、楢崎に負けず劣らず鋭いのだ。おそらく、楢崎の言葉をすべて、頭に叩き込んでいるのだろう。

(こいつも、個人情報の扱いはよくよく心得ているというわけか。さすがだな)

今朝の大野木との違いをありありと感じつつ、楢崎は話を続けた。

「あと、主治医のひとりである鮫島俊夫については、あまりこれまで接点がなかった。専門が違うし、K医大の出身でもないしな」

「おや、よそからいらした先生ですか?」

「ああ。関西の医大を出てあっちで働いていたが、四年前からうちの医局に来た。奥さんがこっちの人だと聞いたが、詳しくは知らん」

「ふむ。しかし、こちらに来て二年で治験チームに入り、また今回も……ということは、優秀な方なんでしょうね？」

「……外科医の優秀さは、単純にオペの腕で決められる。しかし、内科医については、何をもって優秀というかは……個人の価値観によるだろうな」

皮肉っぽい口調でそう言い、楢崎は周囲に視線を巡らせた。夜間搬入口だけあって、昼間に通りかかる人間はほとんどいない。それでも注意を怠らないのが、楢崎の楢崎たる所以《ゆえん》である。

楢崎の意地悪な言葉など気にもせず、茨木はサラリと問いを投げかけた。

「では、鮫島先生の優秀なポイントはどこだと思われます？」

楢崎は、小さく肩を竦《すく》める。

「そつのなさ、かな」

「要領がいいということですか？」

「ああ。医者には、派閥がつきものだ。出身大学が同じドクターは、皆、自然と助け合う。そこによそ者が入ってくるわけだから、それなりに処世術が身についていないと、どうにもやりにくい」

「鮫島先生は、消化器内科の皆さんに溶け込むのが早かったわけですね」

「ああ。俺より少し年上だが、態度が実にものやわらかだ。いかにも内科医という感じだな。そのうち、ここを辞めて開業するつもりなんだろう。それまでに箔《はく》をつけようとしているのがよくわかる。研究熱心だし、やたらに論文を書きまくっているからな」

「ああ、なるほど。博士号と専門医認定を取得してから、華々しく開業という流れですね？」

「そうだ。おそらく開業してからも患者を心安く大学病院に送れるよう、太いパイプを構築しようとしているんだろう。医局内での面倒な雑事……たとえば食事会や飲み会の幹事を進んで引き受けるし、病院内のゴルフ部やテニス同好会にも在籍している」

「ずいぶんと、社交的な方なんですね」

「ああ。それも、内科医の立派なスキルの一つだ。無論、医者としてヤブなら目も当てられんが、これまで目立った失態もないから、そこは普通にこなしているんだろう」

これといって他人に興味のない楢崎だけに、よく知らないと言いつつも、人物評価はなかなかに辛辣《しんらつ》かつ的確だ。

茨木は、楢崎の表情を注意深く観察しながら、さりげなく質問した。

「ということは……製薬会社の人間とのつきあいも、それなりに熱心そうですね」

楢崎の眉が、ピクリと動く。彼は腕組みを解き、細い顎に片手を当てた。

「そうだな。俺はゴルフをやらないからよくわからんが、製薬会社のゴルフ部との親睦コンペに、よく参加していると聞いたことがある」

茨木も、興味深そうに頷いた。

「なるほど。カリノにも、ゴルフ同好会はあります。これまた僕はやっていないんですが、ドクターにはゴルフ好きの方が多いので、薬剤部のほうでは、特にMRは、ゴルフができるだけでずいぶんと強みになるんだそうで」

「……らしいな。あと、江田スミレについては、まったく情報はない。カンファレンスで顔を合わせるし、挨拶程度はするが、それだけだ。まあしかし、治験コーディネーターとしての腕は、なかなかのもののようだ。カンファレンスで発言をするのを聞いていれば、頭のいい人間だということはすぐにわかる」

「……ふむふむ」

茨木は、得た情報を整理するように、長い指で額を叩きながら口を開いた。

「ということは、現時点での先生の印象として、治験データを他人に漏らしそうな要素を持つ人間は……」

「印象だけでものは言えん。ただ、顔が広いという意味では、現時点でいちばん怪しむべきは鮫島先生かもしれないな。しかし……」

「しかし?」

「開業を視野に入れているなら、大学病院で不祥事を起こすことは命取りだ。開業後の協力が、いっさい期待できなくなるし、そういう評判は、瞬く間に広まるものだから」

楢崎の冷静な言葉の意味を、茨木もすぐに理解する。

「治験データを漏洩するような人間だと知れたら、その後、信頼を回復するのは不可能に等しい。手を出すには、リスクが大きすぎるということですね？」

「ああ。データの横流しをした報酬は、どうせ金だろう？　正直に言うが、内科医は、バイトの口が多い。稼ぎたいなら、地道に当直なりバイトなりをすればいいんだ。何も、犯罪に手を染める必要などない」

「それは、確かに……」

「故に、四人のうち、誰が怪しいとも、俺の口からは言えん。俺がお前にやれる情報は、せいぜいこの程度だぞ？」

楢崎は投げやりにそう言ったが、茨木は、慇懃《いんぎん》に感謝の言葉を口にした。

「いいえ、初日としては、破格の情報量ですよ。ありがとうございます。僕のほうも、売店にいらっしゃるドクターや患者さんと話して、少しずつ情報を集めるつもりではいるんですが……何しろ売店ですから、限度はあります。先生のお話が、本当に貴重ですよ」

「お前に素直に感謝されると、背筋が薄ら寒いな」

「何をおっしゃるやら。今回に限っては、百パーセント本心ですよ」

「……今回に限っては」

「ええ」

いささか剣呑《けんのん》な会話を続けてから、茨木はにこやかに言った。

「ではまた何かありましたら、お知らせください。ああ、これはささやかすぎる手土産《てみやげ》ですが、人気商品なんです。お試しください」

　そんな言葉と共に差し出されたのは、売店で売っている袋詰めのチョコレートだった。一粒ごとに色々な種類のナッツが中に入っていて、仕事の合間に摘《つま》むにはちょうどよさそうだ。

「もらっておこう。……ああ、そうだ。ところで、チロには今回のことを上手く説明できたのか？　あいつがどこまで知っているのか把握しておかないと、会ったときに俺が困る」

　チョコレートの袋をぞんざいに受け取り、楢崎は立ち去りかけて、ふと思い出したように足を止めた。チロというのは、留学中に楢崎がつけた、京橋のニックネームだ。わざとそれを使うのは、自分はずっと前から京橋と親しいという、茨木に対するあからさまな嫌がらせである。

　茨木のほうも、嫌そうな顔を取り繕おうともせず、「そうでした」と同意して、昨夜の京橋との会話を、楢崎に語った。

「……というわけで、売店の店長さんの腰痛に関しては本当ですから、嘘はついていません。本来の目的については、業務上の秘密ですから、いかに京橋先生といえどもお話しすべきではないと思いましたので」

「なるほど。わかった。俺も、まんじには余計なことは何も話していない。その必要もないしな。……では、何かあったらまた連絡する」

「はい、どうぞよろしくお願いします」

茨木は、きっちり四十五度に深々と頭を下げる。楢崎は振り返ってその姿を見ることもなく、足早に病棟の中へと消えた……。

＊　＊

二日後の午後二時過ぎ、いつもより遅く外来診療を終えて医局に戻ってきた楢崎は、自席で弁当を開いた。

万次郎は毎日、病院の売店に「まんぷく亭特製弁当」を毎日二十食、納品している。店ではまだマスターの手伝いばかりの万次郎だが、弁当については、一から十まで彼ひとりの手作りだ。

茨木が臨時店長をしていた頃に始めたこの商売がすっかり軌道に乗り、今では、並べた端から消えてしまう、いわば「幻の弁当」となっているらしい。

その弁当に興味はあるものの、買いに行くのは面倒だし、そもそも買える気がしない。かといって、取り置きを頼むのもフェアでない気がして嫌だ……と楢崎が以前、何かの拍子に漏らしたら、それ以来、万次郎が毎朝、弁当を持たせてくれるようになった。

中身はたいてい、前夜のおかずを上手にリメイクしたものや、卵焼きや炒《いた》めたウインナーといった簡単なものだが、彩りと栄養バランスがよく、胃にもたれない。最初のうちは気恥ずかしく、中庭に出て隠れるようにして食べていた楢崎だが、最近は開き直り、堂々と医局で食べるようになった。

実は、楢崎が弁当を持って出るのを忘れたとき、売店に納品がてら、万次郎が医局に届けに来たことがあった。応対に出た秘書に、大声で「楢崎先生が忘れてった弁当届けに来ましたっ！」と大声を張り上げたものだから、彼の存在が同僚たちにすっかり知れ渡ってしまったのである。

いまだ、面と向かって楢崎と万次郎の関係を問い質《ただ》す勇者は現れていないが、とりあえず、万次郎が楢崎と同居しており、彼のことを慕いまくっていることだけは、今や医局の全員が知っている。隠すことなど何もないというのは、まさにこういう状態のことを言うのだろう。

「……いただきます」

軽く手を合わせて小声で呟き、楢崎は箸を取った。

昨夜《ゆうべ》がハンバーグだったので、今日の弁当のメインは、同じタネを丸めて揚げた肉団子である。甘酢で絡め、焼いたパプリカや茹でたうずらの卵と一緒にピックに刺してある。

「うわあ、楢崎先生のお弁当、今日も美味しそう～」

同僚の女医たちが、羨《うらや》ましそうに覗き込んで通り過ぎるのにも、もう慣れっこの楢崎である。なんの反応も示さず、モグモグと弁当を平らげていく。

しかし半分ほど食べ進んだところで、医局に駒井病棟長がやってきた。楢崎の姿を認めると、安堵と申し訳なさが半々に混じり合ったわかりやすい表情で近づいてくる。

「楢崎先生、食事中悪いんだが、頼めるかな？」

「……ああ、はい」

楢崎は口の中のものをお茶で飲み下すと、弁当箱に蓋《ふた》をして、すぐさま立ち上がった。

「ええと、一昨日《おととい》の朝におっしゃっていた、クローン病の患者さんですか？　名前は確か」

「大村憲司《けんじ》さんだ。昨日、検査のために入院してもらって、血液検査なんかの基礎的な検査を済ませたんだが、今日は大腸内視鏡検査をするんでね。君にも立ち会ってもらったほうがいいかと」

「わかりました。これからすぐですか？」

「ああ、よろしく頼む」

食べかけの弁当はそのままに、楢崎は白衣を羽織り、駒井と共に医局を出た。歩きながら、駒井は患者のことを楢崎に話そうとする。

「一応、軽く説明しておこうか。大村さんとのつきあいは古くてね。発症した十六歳のときからずっと、僕が主治医なんだ。今が四十二歳だから、もう二十六年のつきあいか」

「それは長いですね。一応、彼の診療記録には目を通しました。発症時は腸閉塞こそないものの、かなりコントロールに手こずったようですね。しかしどうにか寛解に持ち込んで、その後、何度か増悪を繰り返しながらも、ここ数年は、維持療法でまずまず上手く経過していたとか」

「さすがだな。何も言わなくても、すっかり予習済みか」

「研修医の頃、技術がないんだから努力で補えと教え込んでくださったのは、駒井先生ですよ？　今回、久しぶりに仕事をご一緒できるので、落胆させたくないんです」

足早に通路を歩きながら、楢崎はクールに言い返す。駒井は、少し眩《まぶ》しそうに笑い、楢崎の背中を肉厚の手のひらで叩いた。

「そうだったっけな。君はもう、立派なドクターだよ。ダブルの白衣も実に決まってるし、本当にかっこいいな！」

「先生……やけに白衣ばかりを褒めてくださいますが、中身のほうは」

「無論、白衣負けしていないという意味だ。心配しないでいい。いい品物には、いい包み紙が必要ってことだ」

悪気の欠片もないあっけらかんとした口調で、駒井は楢崎を褒める。いくぶん面はゆそうに、楢崎はずれてもいない眼鏡を指先で押し上げた。エレベーターを待ちながら、駒井は説明を続ける。

「今回の治験薬は、寛解状態を長期的に維持するのに有効だという触れ込みでね。上手くいけば、大村さんのように、何度も増悪を繰り返した人には、明るい希望となるだろう。それで本人も、治験参加にとても積極的なんだ」

「……はい」

楢崎は余計なことは何一つ言わず、ただ小さく頷く。

クローン病は、小腸や大腸をはじめ消化管全域に起こりうる炎症性疾患で、特定疾患、つまり、いわゆる難病に認定されている。

遺伝的要素の関与が指摘されているものの、発症の正確なメカニズムはいまだに不明で、十代から三十代での発症が多く、現代の医療では、根治は望めない。とにかく、いかに早く病状を抑えて寛解に導くか、そしていかにその状態を維持するかが、治療の肝となる。

しかし、いったん寛解しても、かなり厳しい食事制限を行い、薬物の服用も続けなければならない。今回のように経過が長くなると、腸管の狭窄《きようさく》や癌の発生、その他さまざまな症状が発生する可能性があり、患者にとっては、非常につらい病気だ。

専門ではないにせよ、消化器内科の医師として、そうした患者たちの闘いを目の当たりにしている楢崎だけに、病気についても患者についても、気安く発言することはできなかった。

「癌化の可能性は、どこで判明したんですか？　治験に参加したということは、事前の検査では何も……？」

エレベーターに乗り込んだ二人は、他に人がいないのをいいことに、そのまま話を続けた。

「うん。ただ、治験を始めた先月あたりから、本人が血便を自覚するようになってね。君も知っているだろうが、クローンに痔疾《じしつ》はつきものだ。だが、それではないようなので造影検査をしたら、一昨日のカンファレンスで見せたような、腫瘍を疑うようなものが映ってね。できるだけ本人の負担を減らしたいから、今日は午前中にエコー検査を受けてもらったんだが、どうもS状結腸と直腸の移行部あたりに、怪しい病変がある」

「それで、内視鏡検査ですか」

「ああ。直接見て組織を採ってくるのが、なんだかんだ言っていちばん早くて確実だからね。僕は古いタイプの医者だから、この目で見るものがいちばん信じられるんだ」

「俺もですよ。そして、それを別に古いとは思いません。どうも、血液検査や画像検査では、まどろっこしくて……」

「おや、楢崎先生もか？」

「ええ。まあ俺の場合は、外科と連携することが多いせいかもしれませんが」

「はは、そうかもしれん。あるいは、内科医の初期教育を施した僕のせいか……」

「……その可能性は、完全否定が難しいですね」

「はっはっは、三つ子の魂なんとやらだな。さて、病室に行こうか。大村さんに、君を紹介してから検査へ向かおう」

「はい」

エレベーターを先に降り、駒井はキビキビした足取りで病棟の通路を歩いていく。まるで、研修医時代に戻ったような懐かしさを感じつつ、楢崎は、そんな駒井について歩いた……。

大村憲司の大腸内視鏡検査を終え、採取したサンプルを検査に出した楢崎は、駒井と病状について検討してから、彼と別れて医局に戻った。

時刻は、午後五時過ぎになってしまっている。本来ならば、大腸内視鏡検査は比較的短時間で終了するのだが、腸管にできるだけストレスをかけないようにしなければならない患者なので、内視鏡の専門医が、かなり時間をかけて慎重に検査を進めた。

その後、駒井と患者の病状についてみっちり話し合っていたので、いつの間にかこんな時刻になってしまっていたのだ。

さすがに、弁当の続きを食べるには遅すぎる。万次郎にすまなく思いつつも、楢崎は弁当箱を片づけた。そして、文献を読もうとしたが、ふと立ち上がり、カンファレンスルームを覗いてみた。

毎朝のカンファレンス、患者や家族との話し合いなど、さまざまな用途に使われるカンファレンスルームだが、臨床実習期間には、学生たちの居場所でもある。

案の定、広い室内には、彼の担当である五年生、大野木甫だけが残っていた。

「すまん、イレギュラーな検査が入っていたんだ。こんなに遅くなるとは思わなかったから、お前に行き先を言わずに出てしまった」

楢崎が声をかけると、国家試験の問題集を解いていたらしき大野木は、顔を上げ、うっそりとかぶりを振った。端整な顔をしているが、あまり表情が豊かではない青年だ。

「いえ、勉強していたので、大丈夫です。それに、ここにいると、手の空いた先生方がたまに来て、教えてくださるので嬉しいです」

別段嬉しそうな顔でもなく、けれどあくまで実直に、大野木はそんなことを言う。くそ真面目な奴だと半ば呆れつつ、楢崎は大野木と向かい合ってパイプ椅子に腰掛けた。

「見せてみろ。……ああ、症例問題か」

「はい。せっかくなので、ここで経験した症例に関係のある問題をやっています。さっきは、鮫島先生が来て、教えてくださいました」

「鮫島先生が？」

問題の「容疑者」の名を聞いて、楢崎は片眉を小さく動かした。そんな楢崎の胸中など知る由もない大野木は、素直に頷く。

「はい。潰瘍性大腸炎とクローン病は専門だからと。わかりやすく教えていただきました。それだけでも、残っていてよかったです」

「そうか。……鮫島先生の説明は、わかりやすかったか。それはよかったな」

いくぶん低くなった楢崎の声に、「どうせ俺の説明はわかりにくいよ」という微妙な拗《す》ねを感じとったのか、大野木は急に焦った様子で、「全然そんなことはないです！」と口走った。楢崎の眉間に、浅い縦皺が刻まれる。

「……何がだ？」

「あ、いえ、あの、だから、楢崎先生の説明も、わかりにくくはないですよ……あっ」

みずから特大の墓穴を掘ったと気づいて、大野木が自分の口を押さえたときには、もうあとの祭りである。楢崎の眉間の皺は、みるみるうちに深くなった。たぶん、下敷きくらいなら余裕で挟めるほどだ。

「……ほう。つまり、先週から延々お前を指導してきたこの俺の説明は、わかりやすくはない、ということだな？」

「いえ、そんなっ！」

「今のお前の発言を、他にどう解釈しろと言うんだ？」

「す、すいませんッ」

大野木は、進退窮まってガバリと頭を下げる。楢崎がなおも追及しようとしたそのとき、少し離れた場所から、落ち着いた女性の声が飛んできた。

「あら。朝と違って、今回は本当に学生さんを虐めてらっしゃいますね、楢崎先生」

「！」

男二人は、ギョッとして声のしたほうに振り返る。少し遠慮がちな笑みを浮かべ、入り口近くに立っていたのは、治験コーディネーターの江田スミレだった。

医局に席を設けてはあるのだが、部外者の彼女にとって、そこはあまり居心地のいい場所ではないらしく、よくカンファレンスルームで仕事をしているのを見かける。今日も、そのつもりで来てみたら、楢崎と大野木がいたというわけなのだろう。

「あ、いえ、そんな」

狼狽《うろた》えた大野木は赤面して俯《うつむ》き、楢崎は決まり悪そうに咳払いする。

「こ、これは、ただの議論だ！　断じて、虐めなどではない！」

「そうですか。それは失礼しました」

動転する二人の姿に面白そうに笑いながら、スミレはすぐ近くの席についた。机の上に、抱えていたバインダーを広げ、ノートパソコンを立ち上げる。

「じ、じゃあ、僕、これで今日は失礼します！」

救いの神到来とばかりに、大野木はガタンと立ち上がり、荷物をかき集めると、楢崎が咎める隙《すき》も与えず、凄《すさ》まじい勢いで逃げ出していった。

「あらあら」

スミレはクスクス笑い、楢崎はますます渋い顔になる。そんな彼に、スミレはさりげなく問いかけた。

「楢崎先生、大村さんの検査は滞りなく……？」

スミレに仕事の話を振られ、楢崎は、まだ険悪な面持ちながらも、身体ごと彼女のほうを向いて答えた。

「検査自体は、つつがなく終わった。あとは、検体の染色待ちだな。組織標本を見ないとなんとも言えないが、肉眼で病変部を確認した限りでは、悪性《マリグナント》だとしても、初期段階ではないかという印象を受けた」

それを聞いて、スミレはホッとした様子で息を吐いた。

「楢崎先生は、消化器の癌がご専門なんですよね？　専門家がそうおっしゃるのなら、安心だわ」

「まだ、断定ではないぞ？　確定診断は、きちんと情報を揃えてからだ」

慎重な楢崎は、そう念を押す。

「わかっています。でも、少し気が楽になりました。治験からも、外れずにいられるといいんですけど。……とても意欲的に参加してくださっている患者さんですから」

スミレはそう言いながら、ボールペンのキャップを外した。書類の整理をしながら、落ち着いた声で淡々と話を続ける。

「余計な話かもしれませんけど、さっきの鮫島先生の説明のこと、学生さんが褒めるのも、無理はないと思いますよ。痒《かゆ》いところに手が届くような説明をしてくださるって、治験参加者の家族の方からも、評判がいいんです」

「……ほう」

基本的に、スミレは治験チームのメンバーとしか仕事をしないので、楢崎が学生や患者の家族にどんな説明をしているかは知らないはずだ。単純に、鮫島の説明が上手だという事実を口にしているだけだと、楢崎にもわかっている。

それでも、いささか面白くない気分で、楢崎はぞんざいに相槌を打ち、強引に話題を変えた。この際、ここにいない鮫島のことは脇に置いて、スミレ本人の人となりを多少探ってみようかと考えたのだ。

「江田さんは、うちで治験コーディネーターをするのは……」

「ええ、他の科の治験にも何件かかかわらせていただいてますけど、消化器内科は今回が二度目です。一昨年でしたっけ。前回も偶然ですけど、カリノさんの治験のときにお世話になりました」

書類から顔を上げず、スミレはなんの屈託もなくそう答える。楢崎は、さらに一歩踏み込んでみた。

「確か、薬剤師の免許を持っていると伝え聞いた気がするんだが、なぜ、薬剤師の仕事ではなく、治験コーディネーターを？　薬剤師のほうが、楽だし、稼ぎもいいと思うんだが」

するとスミレは、ペンを走らせていた手を止め、少し考えてから、楢崎を真っ直ぐに見て答えた。

「そうですね。薬剤師として、調剤薬局で働いていたこともあるんです。でも、薬局って、患者さんが来られたときだけのおつきあいでしょう？」

楢崎は、長い足を組み、腿《もも》の上で両手の指を緩く絡めて、スミレの話に耳を傾ける。

「そうだろうな」

「ええ。お薬の説明をするのも、服用に関するアドバイスをするのも、患者さんがいらっしゃったときだけ。なんだかそういう薄いおつきあいが、物足りなくなったんです。それで、治験コーディネーターになろうと思いました。この仕事なら、じっくり患者さんたちに向き合って、納得いくまで説明して差し上げられるので」

「……そんなに説明が好きなのか？」

そんな楢崎の問いかけに、スミレはまた可笑《おか》しそうに小さく笑った。

「説明が好きっていうよりも、たぶん人が好きなんだと思います」

「……ふむ？」

「治験に参加してくださる患者さんたちは、皆さん、今より病気がよくなるよう、優れた薬を世に出す手伝いがしたいって思ってらっしゃるでしょう？　それは自分のためでもあり、同じ病気で苦しむ仲間たちのためでもあり」

「そうだな」

「新薬は、いくら製薬会社が動物実験で万全を期していても、人間で思わぬ薬効や、副作用が出る可能性があります。だから、治験に参加するって、とても勇気のいることだと思うんです。病気と闘いながら、さらに治験っていう大きな一歩を踏み出す人たちを、少しでも支えたいっていうか、応援したいっていうか……。なんだか青臭いかもしれませんけど、そんな気持ちで、この仕事を始めましたし、今もそうです」

スミレの言葉には、まったくよどみがなかった。口調はごく静かだが、その声には、強い意志が感じられる。

「では、そうした勇気ある患者さんたちが、みずからの身体で弾《はじ》き出した治験データは……」

「とても貴いものだと思います。前回の治験薬は、残念ながら新薬として発売はされなかったみたいなんですけど、今回こそ、上手くいってほしいと思ってます。クローン病はたいへんな難病ですから、ほんの少しでも、患者さんたちが楽になる薬ができたらいいですよね。コーディネーターとして、患者さんやご家族とお話をする立場なので、余計にそう願ってしまいます。願うだけしか、できないんですけど」

さりげなく「治験データ」という言葉を口にして、鎌をかけてみた楢崎に、スミレは真摯な口調でそう答えた。

(彼女は……違うな)

楢崎は、そう確信した。

それなりに人生経験を積み、医師としてさまざまな患者に接してきただけに、相手が偽りを言っているときは、表情や目の動きで、だいたい察しがつく。

シャンと背筋を伸ばし、相手を見つめたまま語るスミレの姿は、彼女が偽りや綺麗事を口にしているのではなく、本心を語っているのだと何より雄弁に証明していた。

そんな清廉な理想を貫いて、治験コーディネーターなどという、気苦労の多いであろう仕事を誠実に続けている人間が、患者の献身の結果である治験データを、金で売り渡すようなことをするはずがない。

「そうか。……俺は、そういう姿勢は、立派だと思う」

何も知らない彼女に、薄汚い疑惑で探りを入れてしまったという罪悪感に耐えかねて、楢崎はやや鈍い口調でそんな賛辞を口にしつつ立ち上がった。

「……？　ありがとうございます」

不思議そうに、スミレは礼を言う。

（くそ、茨木め。やはり、こんな面倒なことは、引き受けるんじゃなかった）

楢崎は、内心臍《ほぞ》をかんだ。職場では、勝手に「クール・ビューティ」などと評されている彼だが、実際には、外見ほど中身はクールではない。

そうでなければ、好みでもタイプでもなんでもない同性の万次郎を、いくら懐かれたといっても、自宅に住まわせたり、事実上の恋人関係になったりはしなかっただろう。

そんな、密《ひそ》かに情に篤い彼だけに、スミレの仕事に対する姿勢への尊敬と、そんな彼女を疑おうとした自分への嫌悪感は、まさに正比例である。

「まあ、いつまで大村さんの治療にかかわるかはまだわからないが、よろしく頼む」

それだけ言い残し、楢崎は、逃げるようにカンファレンスルームをあとにした……。

第四章　抱え込んだ荷物

「はい、どうぞ」

楢崎の前に味噌汁とご飯茶碗を置いて、万次郎は自分も向かいの席に腰掛ける。

「いただきます」

「いただきますっ！」

楢崎の挨拶で食事を始めるのが、いつしか楢崎家の習慣になっていた。料理に箸をつけるのも、決まって楢崎が先である。

といっても、それは家主の特権でもなんでもなく、単に料理を食べたときの楢崎の反応を、万次郎が一生懸命見ているからどうしてもそうなるというだけの話だ。

今夜も、まずはいつもどおりチューハイで喉を潤してから、楢崎はつけ合わせであるカボチャのソテーに箸をつけた。

よく男性は、芋《いも》とカボチャが好きでないというが、楢崎も万次郎もそれにはあたらない。薄切りのサツマイモやカボチャをバターで香りよくこんがりと焼き上げ、塩と胡椒で味つけしただけのシンプルなソテーが、食卓によく登場する。

今日のメインディッシュは、イタリアンオムレツだった。ジャガイモ、人参、タマネギ、椎茸、ブロッコリー、ベーコンを炒めたものと卵を合わせ、パルメザンチーズを混ぜ込んで分厚く焼き上げた、食べ応《ごた》えのあるおかずだ。それに、昨夜のパスタで余ったミートソースを水煮トマトで伸ばし、さっぱりしたソースにしてかけてあり、彩りも春らしく美しい。

「旨い。しかし、リストランテで前菜に出るような料理なのに、どこか和風だな」

オムレツを上品なポーションで頬張り、楢崎は小首を傾げる。万次郎は、旨いの一言にホッとした様子で答えた。

「たぶん、椎茸が入ってるからじゃないかな。しめじにしようと思ったんだけど、スーパーで売り切れててさ」

「なるほど、椎茸か。トマトソースと意外に合うものだな」

「でしょ！　ちょこっと余った野菜を全部使い切れて、わりと便利なメニューなんだよね」

新しいメニューを楢崎が気に入ったと知って、万次郎は嬉しそうに自分もオムレツを頬張った。しかし、すぐに箸を置き、「あのさあ」といくぶん躊躇いがちに切り出した。

「なんだ？」

テレビの旅番組に半分気を取られつつ、楢崎はなおざりに返事をする。すると万次郎は、ほんの少しあらたまった口調でこう言った。

「俺、ここに住まわせてもらい始めた頃、言ったじゃん？　借金返したら、ちゃんとお金貯めて、大学行って勉強したいんだって」

楢崎は、数秒の間記憶を辿《たど》り、箸を持ったまま小さく肩を竦めた。

「ああ。同僚の借金を背負って、代わりに返済している話も、その、大学へ行きたい云々《うんぬん》の話も覚えている。そもそも、そういう事情を知ったからこそ、うちに置いてやることにしたんだろうが」

「うん。で、借金は、ここに置いてもらって家賃と生活費が浮いたおかげで、予定より全然早く返せたし、まだ貯金ってほどじゃないけど、少しずつ貯められるようにもなったし」

「それも、この前聞いたぞ」

「うん。……それでさ。一昨日、『まんぷく亭』のマスターとおかみさんに、店を継がないかって言われたんだ」

それを聞いて、楢崎はようやくテレビから視線を万次郎に向けた。

「店を？」

万次郎は、かしこまって頷いた。

「マスター夫婦、子供がいないんだよ。だから俺のこと、ホントの子供みたいに可愛がってくれるんだ。そんで、もし俺にその気があるのなら、定食屋をまるっと譲ってやろうと思ってるって、そう言ってくれた」

「そうか」

楢崎はそれだけ言って、わかめの味噌汁を口にする。あまりのリアクションの薄さに、万次郎は、少しだけ不満げな声を上げた。

「そうかって、それだけ?」

「では訊くが、お前はどうしたいんだ?」

ストレートに問われ、万次郎はやはりかしこまったまま、正直に答えた。

「母親が生きてた頃、やっぱ学はあったほうがいい、頑張って大学に行けってよく言ってたから、俺もそのつもりだった。けど……別に、なんの勉強をしたいとか、そういうのがはっきりしてるわけじゃないんだ。そもそも俺、勉強苦手だもん。高校んときも、メタメタだったし。進級できたの、ほとんど先生のお情けだったから」

「……だろうな。お前が高校時代、優等生だったなどとは、欠片も思ったことはない」

実にあっさりと、楢崎はやや失礼な断言をした。話を聞きながらも、淡々と夕食を平らげていく。万次郎のほうも、それに腹を立てるでもなく、素直に頷く。

「うん。勉強は、どの科目もまんべんなく駄目だった。何が面白いのかもわかんなかったし。

だけど、他にやりたいこともなかったから、大学に行くってのを、とりあえずの目的にしてたんだ」

「ふむ」

「それが先生んちに来て、毎日飯を作るようになって、店でもだんだん手伝わせてもらえることが増えて……なんていうか、料理が今、すっごく面白いし、やり甲斐もある」

「ああ」

「料理の本なら、読むの全然苦にならないし、外国語で書いてあっても、辞書引きながら読みたいなって思う。栄養の計算をするために、数学の勉強をやり直したりもしてる。……料理なら、頑張ってやれるかも、やりたいなって思ってる」

「それで？」

楢崎の気のない問いに、万次郎はいちいち一生懸命に答えた。

「ただ、店を継ぐってのがたいへんなことなのはわかってるんだ。いくらお互い親子みたいに思ってても、ホントの親子じゃないんだし、そんな簡単に決めていいことじゃないだろ。マスターとおかみさんも、ゆっくり考えればいいって言ってくれてるし」

「そうか」

とうとう最後まで、楢崎の発する言葉は短いままだった。万次郎は、困り顔で大きな口をへの字に曲げ、迷い犬のような目で楢崎を見た。

「先生……どう思う？」

するとは、眉さえ動かさず、無表情に万次郎を見た。

「どう、とは？」

「んー……なんか、ひとりで考えてみたけど、さっき言ったみたいなことで、同じところをグルグルしちゃって。先生に何かアドバイスをもらえたらいいなって、思うんだ」

万次郎の声にはすがるような響きがあったが、それに対する楢崎の答えは、実に冷ややかだった。

「言うことなど、何もない。それについて、俺が口を挟む必要などないだろう」

「そ……そ、そっか」

この上なく鋭く、冷淡に突き放されて、さすがの万次郎も返す言葉を失う。だが楢崎は、捨てられた犬のような万次郎のしょげっぷりに気づくふうもなく、平然と言った。

「今夜は少し肌寒いな。熱いお茶をくれないか」

「わ、わかった！　すぐ煎《い》れてくるね」

やはり「しょんぼり」と顔に書いたまま、それでも健気《けなげ》に明るい声で返事をして、万次郎はバタバタとキッチンに駆け込む。

かたや楢崎は、もうさっきまでの話など綺麗さっぱり忘れたように、そのまま視線をテレビに向けた。湯飲みを持って戻ってきた万次郎も、その話題にはもう触れず、二人は他愛な

い話をしながら、夕食を終えた。

　食後、いつもならソファーで雑誌を読んだりテレビを見たりしてくつろぐ楢崎が、携帯電話をチェックしたあと、さりげなくジャケットを羽織った。キッチンで洗い物をしている万次郎に向かって、リビングから声をかける。

「ちょっと出てくる」

「へ？」

　すぐに水音が止まり、濡《ぬ》れた手のまま、万次郎がキッチンから顔を出した。

「こんな時間から、どこ行くの？」

　楢崎は、さりげなく携帯電話をジャケットのポケットに突っ込み、ポーカーフェイスで答える。

「そこのコンビニだ。帰りに雑誌を買おうと思っていたのに、忘れていた。ちょっと買ってくる」

「俺が行こっか？」

「いや、いい。すぐ戻る」

「そう？　じゃ、気をつけて」

「ああ」

軽く片手を上げて、楢崎は家を出た。行き先は本当に駅前のコンビニだが、雑誌売場で待っていたのは、言うまでもなく茨木である。

近づいてくる楢崎の姿を認めると、茨木は軽く頭を下げた。

「こんばんは、楢崎先生。すみません、今日は社のほうでプロジェクト会議があって、顔を出していたもので、ご連絡いただいていたのに、返信が遅くなってしまいました。しかも、こんなところまでご足労いただきまして……」

「いちいち弁解する必要はない。こっちの話も、たいしたことじゃない。忘れないうちに言っておこうと思っただけだ」

楢崎は、茨木の慇懃な挨拶と謝罪を遮り、適当な雑誌を手にした。

「最初に、病棟長の駒井先生は、データ流出などさせる人柄ではないと言ったのを覚えているか？」

茨木も、立ち読みしていた歴史雑誌のページをめくりながら、相槌を打つ。

「はい。それは伺いました。駒井先生のことは、疑うにあたらないと」

「ああ。さらに今日は偶然、治験コーディネーターの江田スミレと話す機会があったんだ」

「おや。どんな方でした？」

「彼女は、強い意志を持ってコーディネーターの仕事を選び、誠実に職務を果たしている。治験に参加する患者たちのことも、深く尊敬しているようだった。とても、そんな患者たちから預かった治験データを、自分の利益のために他者に渡すようなことをする人物とは思えない」

「そうですか……」

並んで立ち読みをしているふりをしつつ、二人は低い声で会話を続けた。茨木は、小さな溜め息をついて雑誌を閉じ、ラックに戻した。他のファッション雑誌を開きながら、再び口を開く。

「では、あとは、看護師の日高江美子さんと、助手の鮫島俊夫先生ですね」

楢崎は、渋い顔で頷く。

「ああ。だが、俺のほうからわざわざその二人を調べに行くようなことはせんぞ。今日のように、たまたま話す機会があって気が向けば、水を向けてみる程度だ」

「ええ。それで結構です。あくまでも、さりげなくお人柄を探っていただければ、十分ですので。……今日も、僕をここに送り込んだ上司と話して、再度、釘《くぎ》を刺されましたよ」

「……釘?」

「ええ。データ流出は二度とあってはなりませんが、K医大さんと事を荒立てるようなことも、同様にあってはならないと。お前の仕事は、あくまでもさりげなく治験チームに関する情報を集め、怪しい動きがあれば、会社に報告する……それだけだと」

楢崎は、茨木のほうを見ず、漫画雑誌をペラペラと流し読みしながら鼻で笑った。

「万が一、前回の治験データを流出させた、あるいは、今回の治験データを流出させようとしている人間が見つかったとしても、お前には糾弾することは許されていないというわけだな」

「ええ。前にも申し上げましたが、あくまでも穏便にさりげなくというのが、基本方針です。弊社のような小さな製薬会社は、大学病院と問題を起こしてしまっては、もうおしまいですからね」

「それもそうだな。……で、お前のほうは何か摑んだのか?」

楢崎にそう問われて、茨木は申し訳なさそうに答えた。

「売店にいらっしゃる病院スタッフや患者さんの女性たちに、地道かつさりげない聞き込みは続けているんですが……」

「なぜ、女性限定なんだ?」

「やはり基本的に、男性より女性のほうが、他人のことをよく見ていますからね。あと、ゴシップ好きな方もいらっしゃいますし」

「……なるほど。それで?」

「あまりこれはと思うような情報はありませんが、駒井先生の評判はすこぶるいいですね。治療に熱心だし、病棟全体のことによく気を配ってらっしゃると」

それを聞いて、楢崎はほんの少しポーカーフェイスの口元を緩めた。

「そのとおりだ」

茨木は、そんな楢崎を面白そうに横目で見る。

「先生は、駒井先生のことを、本当に尊敬なさっているんですね。羨ましいです」

「それは……まあ、恩師だからな。研修医になったばかりの頃に、医者としての心得を叩き込んでくれた人だ。そして今も同じ職場で、理想的な医師としての姿を示し続けている。尊敬するなと言うほうが無理だろう」

楢崎の言葉には、なんの迷いもなかった。茨木は、それを茶化すことはせず、素直な感慨を漏らしてから話を再開した。

「そんないい先輩が身近にいらっしゃって、羨ましいですよ。他には、助手の鮫島先生はケチだという話と、看護師の日高江美子さんは、パチンコが趣味だという話……くらいですかね」

楢崎は雑誌を閉じ、若干げんなりした顔をした。

「あまりパッとせん情報だな」

そう貶《けな》されてもやむを得ないと思っているのか、茨木も、情けない笑顔で頭を掻く。

「面目ないです。こちらは、あくまでも売店からの情報収集しかできないもので」

「それもそうか……。まあしかし、ケチもパチンコ趣味も、金にまつわる話ではある。一応、心に留めておこう」

「そうしていただければ、助かります。あの、あくまでも、先生のご負担にならない範囲で」

「お前に言われるまでもない。そこまで無理をする義理もないしな。……ただ、職場の名誉を穢《けが》す奴がいるなら、許したくないだけだ。……では、また明日、連絡する」

あくまで無愛想にそう言い放ち、楢崎は適当な雑誌を手に、レジへ向かう。その真っ直ぐ伸びた背中を見送り、茨木も、京橋に何かお土産を見繕って戻るべく、おつまみの売場へと足を向けた……。

「帰りました」

小さなビニール袋をぶら下げて茨木が帰宅すると、京橋は、リビングのソファーでテレビを見ていた。

「……お帰り」

挨拶を返してくれた京橋の声に微妙な棘を感じて、茨木は自分も京橋の隣に腰を下ろし、ビニール袋を差し出した。

「どうかしました？　今日は平日ですからもう飲まないでしょうが、いくつか面白そうなおつまみの新商品があったので、買ってきましたよ」

「……うん」

素直にそれを受け取りつつも、やはり京橋は浮かない顔をしている。茨木は、京橋の頬に手を当て、その顔を覗き込んだ。

「どうしたんです？」

「どうも……しないけど」

「なんでもないって顔じゃないですよ？」

追及されて、京橋は茨木の手を振り払い、ソファーに深くもたれた。ビニール袋を傍らに置き、大きなクッションを抱え込む。

自宅ではセルフレームの眼鏡をかけている彼は、茨木が出掛けている間に入浴を済ませたらしく、パジャマの上に薄手のカーディガンを羽織っている。茨木は、優しく問いを重ねた。

「どうしました？　僕が何かいけないことをしてしまったのなら、言ってください」

すると京橋は、ようやく思い切った様子で口を開いた。

「何かっていうか……。茨木さん、ここしばらく変じゃないか？」

「え？　何がです？」

内心ドキリとしつつ、茨木はそれを表情に出さず、巧みに微笑を保つ。京橋は、軽く唇を尖らせた子供じみた表情で、こう言った。

「だってさ。人助けだってわかってるけど、せっかくの有休を、あっさり売店の店長の仕事に使っちゃうし。そのくせ……あんま、真面目にやってないんじゃないか？」

「えっ？　そんなことは……」

「だったら、店を抜けて、いったい誰と会ってんだ？」

「えっ？」

　今度こそ、茨木は微妙に驚きを顔に出してしまう。京橋はクッションを抱えたまま、上目遣いに茨木を睨んだ。

「俺、茨木さんどうしてるかなと思って、外来が終わって手が空く二時頃、何回か売店へ行ってるんだぞ？　だけど、いつもパートの人しかいなくて、思い切って茨木さんはって訊ねたら、ケータイに連絡があって、出ていかれましたって。いつもそうですよって！」

「……ああ……」

　茨木は、小さく嘆息した。二時といえば、たいてい楢崎が外来診療を終えて一息つく頃で、二人はほぼ毎日そのくらいの時間に顔を合わせ、簡単な情報交換を続けてきたのである。パートの女性は、茨木が戻ってくれば自分は仕事を切り上げられるので、いつも無駄話はいっさいせず、そそくさと帰ってしまう。そのせいで、これまで京橋が自分に会いに来て、空振り続きだったことなど、茨木はまったく知らなかった。

「それは……すみませんでした」

　いつも饒舌《じょうぜつ》な茨木だけに、簡潔な謝罪が余計に怪しく聞こえる。京橋は、ますます声を尖らせ、追及を続けた。

「別に謝ってほしいわけじゃない。忙しいなら仕方ないって思ってたし、ケータイに連絡が来るのも、売店の仕事のことだって思ってた」

「……ええ。それはそうなんで……」

どこか煮え切らない口調で言いかけた茨木を遮り、京橋は抱え込んだクッションをボスンと拳で叩く。

「じゃあ、さっきのはなんだよ！　やっぱりケータイにメールが来て、それチェックするなり、そそくさと出ていっちゃってさ。こんな時間にコンビニに用事があるなんて、これまで一度もなかったじゃないか！」

「あ……」

「たとえ行く用事があったとしても、あんたなら絶対、一緒に行きませんかって誘うはずだし、そもそも今日は仕事の帰りがいつもより遅かったんだから、明日の朝でも別によかっただろ？　しかも帰ってきたら、買ってきたのは酒のつまみだし。今日は飲まないってんなら、今行かなくても全然よかったんじゃないのか？」

「う……」

さすがの茨木も、京橋の意外な勘のよさに舌を巻いた。

茨木が売店の臨時店長に一時復帰すると告げたとき、京橋は素直に納得してくれた。それ以来、ほぼ毎日一緒に帰っていても、京橋はこれといって何も言わず、ただ二人で帰れることを喜んでくれていた。

まさか、売店に来て、レジに彼がいないことを訝っていたことも、さっきの外出を怪しんでいたことも、予想だにしていなかったのだ。

(多少、この人の聡明さをあなどっていたかもしれないな)

そんな反省をしても、あとの祭りである。真実を告げることができない以上、ここはなんとしても騙しとおすしかない。

そう思い直して、茨木は細く長く息を吐いて気持ちを整え、いつもの穏和な笑みを浮かべた。そして、京橋の手から、半ば強引に、しかしあくまでも優しく、クッションを取り上げた。

「ごめんなさい。あなたをそんなに不安にしていたとは、知りませんでした」

そんな言葉と共に、京橋を抱き寄せる。

「ちょ……そうやって、ごまかそうとするなよ！　ちゃんと説明を……」

「しますよ」

抗《あらが》おうとする京橋を少し強く抱きすくめて、茨木は、強張《こわば》った背中を大きな手のひらで撫でた。

「店にいなかったのは、単にその時間帯に納品があったからです」

「え……?」

「業者さんから連絡を受けて、倉庫に荷物を納入してもらっていました」

それは、決して嘘ではない。実際、楢崎に会うのに前後して、だいたい毎日、業者と倉庫で落ち合っていた。だからこそ、茨木の口調は滑らかだった。

「そう……だったん、だ。あっ、でもさっきのは業者じゃないだろっ!」

京橋は、両手を突っ張り、無理矢理自分と茨木の間に距離を空ける。最大限に怖い、けれど茨木にとっては依然として可愛らしい童顔で睨まれ、茨木は微苦笑した。

「もちろん、違います」

「だったら!」

「携帯をチェックしていたのは、さっきまで社で一緒に会議に出席していた同僚からの愚痴メールが届いていたからです。コンビニに行ったのは、それとはまったく関係なく、帰宅してから思い出した支払いが……」

「支払い?」

「ええ。学術雑誌の定期購読料の振込期限が、明日だったもので。明日、うっかり払い損ねようものなら、継続割引がなくなってしまうんです。それで、また忘れてしまわないうちに行っておこうと」

これもまた、嘘ではなかった。ただ、その他にしたこと……楢崎に会ったことを、言わずにおいただけだ。

そう、断じて嘘は言っていない。そんな自己弁護で良心の呵責をやり過ごし、茨木は片手で、京橋のふくれっ面の頰をもう一度包み込むように撫でた。

「すみません。そうでなくても、事後承諾で今回のことを決めてしまった以上、もっと色々僕のほうから説明すべきでしたね」

「あ……い、いや……」

茨木の胸を押していた京橋の手から、急速に力が抜けた。それと同時に、京橋の顔と声からも、さっきまでの怒りと不安がみるみる薄らいでいく。

絶妙なタイミングで再び腕に力を込めた茨木に、今度は素直に身を任せ、京橋は自己嫌悪の滲《にじ》んだ声で謝った。

「ごめん。なんか俺、馬鹿みたいだな」

「何を言うんです。嬉しいですよ。僕のことを、そんなに気にかけてくださって」

「そんなの、当たり前だろ。つきあってる相手のことを気にしないで、どうすんだよ。……でも、ごめん」

「僕こそ」

短く言って、茨木は京橋をギュッと抱きしめた。僕こそ、結果的にあなたを欺くことになってすみません……と、心の中で最後まで言って詫《わ》びる。

そんな茨木の胸中など知る由もない京橋は、ようやく安堵の表情になり、茨木のシャツの胸に頬を押し当てたのだった。

＊　＊

それから数日は、何ごともなく過ぎた。週が明け、ポリクリ学生も入れ替わって新しい班がやってきた。今回は、楢崎の患者は学生に割り振られず、したがって、楢崎も学生の相手から解放された二週間を過ごす……はずだった。

ところが、もう次の科に行っているはずの学生、大野木甫が、再び楢崎を訪ねてきた。消化器内科で過ごした二週間で、担当した谷崎という患者とすっかり打ち解けた彼は、谷崎が患っている疾患についてさらに勉強し、二週間後に予定されている彼の退院まで経過を見守りたいと申し出たのだ。

正直、面倒だと思いつつも、大学病院で職を得ている以上、学ぶことを欲する学生の願いを聞き入れないわけにはいかない。

また患者自身からも、年齢の近い、しかも医学生である大野木が話を聞いてくれることで、ずいぶん気が楽になったと聞き、大野木の来訪が治療上、プラス方向に働いていると判断した。

そこで楢崎は、余計なことはいっさい言わないようにと釘を刺した上で、本来のポリクリに差し障りのない範囲で病棟に通ってくることを、大野木に許可した。そんなわけで、彼は本来の業務の傍ら、要領は悪いものの熱心な大野木の相手をしてやることになった。

ポリクリが終わってから、大野木はほぼ毎日、谷崎の病室を訪れ、その後、律儀に楢崎に挨拶をして帰る。

十日ほど経って、さすがにその生真面目さに感心した楢崎は、夕方やってきた大野木を夕食に誘ってみた。躊躇いながらも大野木が同意したので、楢崎は、彼を病院近くの中華料理店に連れていった。

時刻が早めだったので、まだ店内に他の客はいない。適当に注文を済ませ、楢崎はふと既視感に眉をひそめた。その表情の変化に、大野木はもじもじし、眼鏡を神経質そうにかけ直した。

「あの、先生、何か……」

「ああ、いや」

相手の不安げな表情に気づき、楢崎は苦笑いで首を振る。

「なんでもない。ただ、以前もこうやって、ほぼ初対面の奴を中華料理店に連れてきたなと思っただけだ」

大野木は不思議そうに小首を傾げる。

「初対面の……学生ですか?」

「いや。ただの欠食児童……いや、欠食野郎だな。うっかり情けをかけて飯を奢ったせいで、腐れ縁になってしまった」

「……はあ」

「ちょうど時間帯も、今時分だった」

簡潔に説明しながらも、楢崎の網膜には、出会った日、卓上を埋め尽くす料理にギョロ目を輝かせ、次から次へと口いっぱいにご馳走を頬張る万次郎の、今より少しだけ幼い笑顔が浮かび上がってきた。

万次郎は、初対面のとき……つまり、彼が低血糖で半死半生の患者、そして楢崎が当直中の医師として出会ったその瞬間に、楢崎に一目惚《ひとめぼ》れしたと言っていた。

楢崎は、万次郎と同居してずいぶん経つ今でも、彼を「居候」と言い張り、たとえ身体の関係を持っていても、恋人ではないと思い込もうとしている。

しかし、こうして、出会った夜のことを思い出すと、あのとき、旨そうに料理を頬張り、くだらない話で陽気に笑う万次郎の姿を、あまりにも鮮明に思い出せる自分に戸惑う楢崎である。

あるいは……たとえその後、彼の存在をあっさり忘れた事実があったとしても、楢崎自身、少なくとも出会ったその日には、万次郎のことがかなり気に入っていたのではなかろうか。

たとえ、それがまさか、抱き合う仲に進展するとまでは思っていなかったとしても……。

そんな思いにふけりそうになった自分に気づき、楢崎は心の中で、みずからの頬を張り飛ばした。

(待て。待て待て待て!)

(馬鹿か、俺は。こんな場所で、埒《らち》もない感傷に浸ってどうする。しかも、学生の前なんだぞ)

自戒の念に顔を引き締めたつもりが、口元だけはうっかり緩んだままで放置してしまっていたらしい。ハッと我に返ると、大野木が不思議そうな顔でこちらを見ている。

「……先生?」

楢崎は慌てて、今度こそ顔全体を厳しく整え、「なんだ」と平静を装って言った。

「あっ、す、すいません。なんでもないです。ただ……」

「ただ?」

「先生も、そんなに優しい顔で笑うんだなって……あっ、あの、ホントにすみません」

優しい顔と言われて、楢崎の目元がうっすら羞恥《しゅうち》に赤らむ。だが彼は、ゴホンと咳払いして、なんでもない風を装った。

「優しい顔などしていない。ただ、少しぼんやりしていただけだ」

「そ、そうですか。すみません」

ますますいたたまれない様子で、大野木は肩をすぼめる。楢崎のほうも、うっかり思い出したのが運の尽きで、店のどこを見ても、あの日の万次郎のさまざまな表情が思い出されてどうしようもない。お互い、無言のままなんとも言えない心持ちでいるところに、ようやく料理が運ばれてきた。

楢崎は気を取り直し、大野木のグラスにビールを注いでやった。

「お前が来てから、谷崎さんは精神的にずいぶん安定した。主治医として、お前の尽力に感謝している。粗飯だが、十分に食ってくれ」

「あ……ありがとう、ございます。いただきます」

大野木は、楢崎が持ち上げたビールのグラスに自分のグラスを怖々当て、そしてほんの少し口をつけた。あまり社交的なたちではないのだろう、何をするのも言うのも緊張気味なのが、ありありとわかる。

楢崎は、あえて自分から料理を小皿に取り、さりげなく大野木が手をつけやすくしてやりながら、問いかけた。

「いつも、谷崎さんとどんな話をしてるんだ？　まさか、病気のことばかりじゃあるまい」

楢崎が手をつけた皿から順番に料理を取りつつ、大野木はしゃちほこばって答えた。

「色々です。というか、僕は聞くばかりで、谷崎さんが主に話を」

思ったとおりの答えに、楢崎は小さく笑った。確かに、訥々《とつとつ》と話すこの学生では、自分からどんどん話題を振ることなどできないだろう。対して、谷崎はまだ若いが、会社の営業職だけあって、男のくせによく喋る。楢崎も、回診のたびに辟易《へきえき》するほどだ。

「まあ、お前くらい真剣に話を聞いてくれれば、相手も嬉しいだろうさ。で、話題は？」

大野木は、思案するように視線を店内に巡らせ、春巻きを一齧《かじ》りしてから答えた。

「やっぱり病気のことがいちばんですけど……。他にも、食べ物のこととか」

「食べ物？　ああ、胃切除後はダンピング症候群が起こるから、元のようにドカ飯は食えないからな」

「はい。それがつらいそうです。食べられるようになったのは嬉しいけれど、消化のいいものを少しずつ……というのが、逆につらいそうで。腹いっぱい食べてみたいと、よく言ってます」

「なるほど、主治医には言えない愚痴か。医学生なら、理解してくれて話しやすいんだろう」

「はい。……あとは……ええと、彼女さんの話とか、ドクターやナースの話とか」

それを聞いて、楢崎の眉が小さく動いた。あるいは、鮫島俊夫や日高江美子の噂《うわさ》を聞けるかもしれないと思ったのだ。

「我々の話？　どんな話だ」

万次郎とは違い、実に控えめなペースで淡々と食事をしながら話していた大野木は、あからさまにしまったという顔をした。どうやらこの学生は、慎重そうに見えて、みずからの発言でどんどん墓穴を掘る悪癖があるらしい。

楢崎は、シュウマイにほんの少しカラシをつけて口に放り込んでから、箸を持ったまま固まってしまった大野木を宥めるように言った。

「別に、咎めてるわけじゃない。ただ、治療するほうとされるほうという関係上、患者の正直な思いを知る機会がなかなかないからな。お前には、谷崎さんも本心を言えるようだ。だから、よければ聞かせてほしいと思う」

「ああ……そういう、ことですか」

相変わらず、どこかつんのめるような喋り方で、それでもホッとした様子で肩の力を抜いた大野木は、男にしてはやけにふわっとしたやわらかそうな髪を片手で撫でつけながら、患者との会話を思い出しつつ口を開いた。

「でも、これといって、たいした内容では。楢崎先生のことは、ええと……おおむね、褒めてました」

「おおむね?」

いくら単に情報がほしいだけだと言っても、自分の評判は気になるものである。焼き餃子《ぎょうざ》を摘んだまま、楢崎の箸がピタリと止まる。

「え、えっと、時々、ちょっと怖いけど、でも言うことに嘘はないし、苦しいときには言えばすぐ処置してくれるし、質問には丁寧に答えてくれるし、いい先生だよって」

「……俺は、時々ちょっと怖い、のか？」

グイと身を乗り出して問いかけてきた楢崎に、大野木は、軽くのけぞり、しかし正直にこくこくと頷く。

「ちょ、ちょっとだけ、で、ほんの時々、ですけど！　でも僕も……楢崎先生は、いい先生だと思います。ポリクリであちこち回っても、忙しくて全然かまってくれない先生も多いです。楢崎先生は、忙しくても『あとで』って、必ず時間を作ってくださるので、嬉しい、です」

正しい言葉を選ぶように時々考え込みつつ、大野木はそんなことを言った。素直な賛辞が面はゆくて、楢崎は微妙な顰《しか》めっ面でビールを口にする。

「当たり前のことだ。そうしない奴が、怠慢に過ぎるだけだろう。……で、他には？」

「他？」

「他のスタッフのことは、何か言っていなかったか」

「……あー……」

大野木は、眉をハの字にして口ごもる。どうやら、医師の楢崎には言いにくいようなことを、谷崎は口にしたらしい。

だが、楢崎が追及しようとしたとき、店に女性客が入ってきた。狭い店内だし、病院スタッフがよく来る店だけに、迂闊な噂話は避けねばならない。楢崎は、心の中で舌打ちしつつ、唇を引き結んだ。

しかしその女性客は、楢崎と大野木を見ると、「あらぁ」と呑気な声を上げ、歩み寄ってきた。見れば、それは病棟看護師の日高江美子である。私服姿で、いつもはきっちりまとめている髪を下ろし、化粧まで若干濃くしていたので、楢崎はまったく気づかなかった。大野木もそうらしく、なんだか曖昧な角度で、うっそり頭を下げる。

「……ああ、日高君か。仕事は上がりか？」

「はい、今日は夜勤じゃないんで。おじさーん、エビチャーハンと酢豚と餃子一人前ずつ、持ち帰りで！」

厨房の店主に声をかけ、江美子は椅子を引いてきて、二人のすぐ近くに腰を下ろした。どうやら、彼女はこの店の常連であるらしい。

「……持ち帰りか」

別に楢崎には江美子を非難する意図はまったくなかったのだが、彼女はちょっと決まり悪そうに、言い訳がましくまくし立てた。

「だって、仕事でクタクタになって帰って、一人分の食事作るの、めんどくさいんですよ。明日はお休みだから、ちょっと贅沢して、買って帰った美味しい餃子と酢豚でビール飲んで、しめにチャーハンを食べるんです！」

「店で食べていけばいいんじゃないか？」

怪訝そうにそう指摘した楢崎に、江美子は腰に手を当て、呆れ口調で言い返した。

「もう、わかってないですねえ、楢崎先生は。男の人と違って、女子は外では綺麗にしてなきゃいけないから、たいへんなんです。だから、さっさと家に帰って、ぱあーっと楽ちんな部屋着に着替えて、お化粧落として、それでようやくくつろげるんですよ」

「……そういう、ものか」

「はい！ 学生さんも、覚えといたほうがいいわよ！ 女子は、外と家では全然別の生き物なんだからねっ」

「は、はあ」

突然水を向けられた大野木は、目を白黒させる。江美子は、人好きのする笑顔で、楢崎と大野木を見比べた。

「でもぉ、楢崎先生、学生さんに厳しいだけかと思ったら、こんな優しいこともするんですね。意外～」

「……別に意外でもなんでもなかろう。頑張っている奴を見れば、自分なりに労《ねぎら》いたいと思う。当然のことだ」

決まり悪そうに言い返した楢崎に、江美子はクスクス笑った。

「なーんか、楢崎先生、怖いし愛想ないのに、患者さんに妙に人気があるの、わかった気がしました。その意外性がいいんですね、きっと。ギャップ萌《も》えってやつ？」

楽しげにそんなことを言われ、檜崎はちょっとムッとして、先日、茨木から仕入れた情報を思わず口に出していた。

「君こそ、パチンコ好きらしいじゃないか」

江美子は、淡いピンクのアイシャドウに彩られた目をまん丸にする。

「ええっ？　それ、そんなに医局で有名な話なんですかっ？　檜崎先生が知ってるくらい？」

「……ああいや、小耳に挟んだだけだ。本当だったのか」

江美子は照れ臭そうに、パチンコ台に向かうときの手つきをしてみせる。

「唯一の趣味なんです。別にいいでしょ？」

檜崎は、軽く肩を竦める。

「別に、勤務時間以外は、好きにすればいい。俺には関係ない。……しかし、パチンコが趣味では、金がかかるんじゃないのか？」

探るようにそう問いかけてみたのは、もちろん、金に困って、治験データを売り飛ばしたのではないかという疑念からだ。しかし江美子は、あっけらかんと笑い飛ばした。

「やだぁ、何言ってるんですか。お金を使っちゃうんじゃ、ストレスが溜まるばっかりで、趣味にならないじゃないですか」

「……金を使わないのか？」

「使いませんよぉ。だって私、ちょっとしたセミプロですもん」

「セミプロ？　なんの？」

「だからー、パチンコ。それだけで生活できるほどじゃないけど、そこそこ儲《もう》けて帰るんですよ。立派にお小遣いになるくらいは。それで、どーんと服とかバッグとか、自分にご褒美を買うんです」

「……ほう……」

江美子は得意げに胸を張り、楢崎は要領を得ない顔つきで相槌を打つ。パチンコなどしたことがない彼だけに、それで「儲かる」というシステムがよく理解できないのだ。同じような顔でポカンとしている大野木と楢崎を見比べ、江美子は「もう」と、やけに偉そうに溜め息をついた。

「お医者さんも学生さんも、勉強ばっかりしてちゃ駄目ですよ。いろんな患者さんに対応するためには、世の中のいろんなこと、経験しないと。……あ、できた？」

そんな説教を口にしたかと思うと、彼女は身軽に立ち上がり、厨房から出てきた店主のほうへ行った。ビニール袋を受け取り、支払いを済ませると、二人に挨拶をして、弾むような足取りで店を出ていく。きっと、大急ぎで帰って、彼女曰《いわ》くの「くつろいだ」状態で、ささやかに贅沢な夕餉《ゆうげ》を楽しむのだろう。

「……パチプロって職業、あるらしいですね」

大野木は、再び食事を再開して、そんなことをぽつりと言った。楢崎も、出てきたついでに店主が「サービス」と置いていったピータンを頬張り、ゲンナリした様子で頷く。

「話だけは聞いたことがあるな。……もっとも、俺の人生において、知るべきことだとは思わんが」

そう言いつつ、しかし……と楢崎は思いを巡らせた。

(さっき、日高江美子は、さりげなく独身だと言っていたな。エビチャーハンと酢豚と餃子が贅沢になるくらいだ、慎ましい暮らしなんだろう。それに……パチンコで損はしないということは、それで金に困って治験データを売ろうと考えた……という仮説は、あっさり崩れたな)

自分の職場に根っからの悪人がいると思っているわけではないが、それでもこうも次々と、「容疑者」のいい人ぶりが明らかになっては、拍子抜けした気分になる楢崎である。

(残りは……鮫島先生だけか。いや、もとより、四人ともがシロの可能性が大なんだ。勘違いするな、俺)

考え込んでいるうちに、すっかり箸が止まってしまっていたらしい。気づけば、大野木が心配そうに楢崎の顔を覗き込んでいた。

「先生？　大丈夫ですか？　もう食べないんですか？」

「あ……ああ。いや、確かに満腹になってきたな。お前、若いのに、あまり食べないんだな。

……ああいや、むしろお前くらいが普通なのか」

テーブルの上には、中途半端に手をつけた料理があれこれと残ってしまっている。つい、大食漢である万次郎の食欲を基準に考えてしまう妙な癖がついて、ナチュラルに頼みすぎてしまったらしい。

「僕、昔から食は細いほうで。すみません」

「謝ることはない。持って帰るか？」

「ああ、いえ、僕は実家なので」

「そうか。では俺が持ち帰るから気にするな。……ところで、さっきの話の続きだが……」

「あ、他の人の噂、ですか」

やはり気まずそうに、ようやくグラス一杯のビールを飲み干して、大野木は楢崎を見た。眼鏡の奥の目は、頼りないながら、不思議な芯《しん》の強さを感じさせる。

「あの……僕は、告げ口は嫌です。でも、ちょっと医療関係者のはしくれとして、気になることがあって……あの、誰かを責めたいわけじゃないし、ただの噂っていうか、谷崎さんが小耳に挟んで気にしてたってだけなんですけど」

思い切ったようにそう言った大野木の色白の顔は、うっすら赤くなっている。ビールの酔いのせいというより、興奮のせいかもしれない。楢崎も、表情を引き締め、頷いた。

「かまわん。お前がゴシップを垂れ流して喜ぶような奴じゃないことは、短いつきあいだがわかっているつもりだ。俺も医局員のはしくれとして、お前や谷崎さんが気になるということを、きちんと知っておきたい。心配しなくても、お前たちの名前を出してどうこうすることはないぞ」

「……はい。じゃあ、あの」

大野木は、それでもなお躊躇いながら、ぽつりぽつりと患者から聞いたという話を語り始める。じっと耳を傾けていた楢崎の顔は、徐々に険しさを増していった……。

＊　＊

大野木を帰し、医局に戻った楢崎は、買ってきたペットボトルの水を一息に飲み干した。

二人でビール小瓶一本きりである。断じて酔うほど飲んではいないが、身体の中からアルコールをすっかり追い出し、冷静な頭で行動を起こさなくてはと思ったのだ。

時刻は午後八時を過ぎており、医局に残っているのは、もうほんの数人だ。

（どうしたものか……）

しばらく自席で文献を読みながら様子を窺《うかが》っていると、ひとり、またひとりと人が消え、やがて、残っているのは、楢崎ともうひとりだけになった。

そのひとりとは、まさに、楢崎がこれから話をしたいと思っていた人物……助手の鮫島俊夫である。

（絶好のチャンスだ。問い質してみるか）

楢崎はすっくと立ち上がると、ツカツカと鮫島の席まで行った。

「お？　楢崎先生やん。こんな時間まで残ってるの、珍しいなあ。それ言うたら、僕もやけど。勉強会の当番が、来週回ってくるからな。暇なときに、資料作りよるねん」

人懐っこい関西弁でそう言い、鮫島は愛想のいい笑顔を見せた。だが楢崎のほうはニコリともせず、もう帰宅した同僚の椅子を引いてきて、鮫島の近くに座った。

「先生と話がしたくて、残っていました。……今、少しいいですか？」

「え？　ああ、ええよ。せやけど、僕と話なんて珍しいなあ。何？」

訝しそうにしつつも、鮫島は書類を書く手を止め、軽く椅子を引いて、楢崎のほうに身体を向ける。楢崎は、鋭い視線で鮫島を見据え、迷いのない口調で切り出した。

「先生が、患者から個人的な謝礼を受け取っていると聞きました。本当ですか？」

「えっ？　え、いや、誰、そんな話してんのは」

鮫島は、面食らった様子で問い返してくる。その表情からは、驚き以外はまだ読みとれない。楢崎は、冷静沈着に言い放った。

「情報源を明らかにするつもりはありません。ですが、消化器内科の病棟に入院中の患者さんが、鮫島先生は謝礼を受け取られたということを伝え聞き、自分もしたほうがいいのかと不安がっていたそうです」

「そ……それはさあ。アレやろ。噂」

「ええ、単なる噂です。ですから、こうして二人だけのときにお訊ねしてるんです。本当のところはどうなんですか？　学生にまで、その話が伝わっています。聞いた以上、俺は知らないふりはできません」

よく、病棟スタッフや学生に「怖い」と言われる自分の視線の鋭さを、楢崎は重々承知している。だが今は、むしろそれをフル活用する意気込みで、彼は鮫島ののっぺりした公家顔を睨みつけた。

「いや、それは……アレやん」

「どれです」

「う、うう……せやから」

鮫島の顔には、徐々に怯《おび》えに似た狼狽の色が濃くなっていく。机の上に置いたままの左手は指先で机を叩き、もう一方の右手が、バタバタと意味もなく振られた。

「せやからさあ、それは」

「それは？」

「それは、やなー」

奇妙な笑みを浮かべ、暑くもないのに額にうっすら汗をかきつつ、鮫島は同じ言葉を繰り返す。明らかに、何か上手い言い訳を考えている様子だ。楢崎は、一瞬もそんな鮫島から目を逸らさず、じっと返答を待つ。

やがて、ごまかそうとしても無駄だと悟ったのか、楢崎の眼光に恐れをなしたのか、鮫島は、突然両手を自分の腿につき、ガバッと頭を下げた。

「すんませんでしたっ」

「……鮫島先生？　それは、つまり……」

「もらっとった！　もらってました！　すんません！」

頭を上げず、鮫島ははっきりした声で事実を認める。楢崎は、尖った声で追及した。

「いったい、何度くらい謝礼を受け取ったんです？」

「何度て……まあ、僕からほしいて言うたことはないんやで？　患者さんがどうぞ、って言うてきたときだけ、そうやな、年に五、六回くらいやろか」

おそらくその回数は、少なめに見積もったものだろう。楢崎は、キリリと眉を吊《つ》り上げた。

「先生はよそから来られた方ですが、それなりに長くここにいるからには、謝礼に関する医局内での取り決めをご存じですよね？」

「…………」

鮫島は答えなかったが、この場合、それは肯定の返事に等しい。楢崎は凛《りん》とした声を張り上げた。

「基本的に、消化器内科では、患者さんから個人的な謝礼を受け取ることは、すべてのスタッフに対して禁止されています。スタッフに謝礼を渡さないと、まともな治療を受けられない。あるいは、謝礼を渡せば、依怙贔屓《えこひいき》してもらえる……そんな誤解が患者さんに広まっては困るからです」

それを聞いて、鮫島は控えめながらも、反論を試みた。

「せやけどやなあ。謝礼を渡しさえすれば、それでホッとする患者もおって……」

だが、それに対する楢崎の言葉は、明快そのものだった。

「わかってます。謝礼を渡さなければ不安でたまらない。そういう人もいるようです。そうした患者さんへの対策として、どうしてもと言う方には、病棟スタッフ全員に対して、あまり高価すぎない菓子折り一つのみでとお願いしています。……ご存じでしたよね?」

「う、うう」

強い口調で返答を迫られ、鮫島は、低く呻《うめ》きながらどうにか頷いてみせる。楢崎は、厳しい口調のままで話を続けた。

「この決まりは、教授みずから決められました。教授は、職場のルールを破る医局員には、極めて厳しい人です。それも、ご存じでしたよね?」

「……うう、まあ、うん」

さっきまでの滑らかなトークや笑顔はどこへやら、鮫島は、隙あらば逃げ出したいといった落ち着かない様子で、キョロキョロと視線を泳がせる。

「失礼ながら、鮫島先生は、人脈作りや、上司の信頼を勝ち得ることに、とても熱心だと感じていました。なのに、どうしてそういう軽率な真似を……」

「そら、金やないか！　僕はな、自分の自由になる金が、ようけえ必要なんや！」

楢崎に詰問され、ほとんど窮鼠《きゅうそ》なんとやらの勢いで、鮫島は突然、剣呑な声で言い返してきた。静かな医局に、金という一言が響き渡る。楢崎は、軽く嘆息した。

「金なら、バイトなり当直なり、まっとうな手段で稼げばいいじゃないですか」

するとと鮫島は、乾いた声で笑い、小馬鹿にしたような目つきで楢崎を見た。

「そら、先生は独身やからわからんのや。結婚するとな、財布をガッチリ嫁はんに握られるんや。バイトでも当直でも、年度末に源泉徴収票が来たら、全部嫁はんに筒抜けや。この金はどうした、もろてへんって、やいやい虐められる。全額没収されてまう」

「……小遣いくらい、奥さんからもらっているでしょう」

「そんなはした金やのうて、もっとまとまった金がいるねん、僕は」

「なぜです？　金のかかる趣味でも？」

とことん追い詰められて、鮫島はさんざん躊躇った後、消え入るような声で、ボソリと打ち明けた。

「……どもが」

「はい?」

「子供がおるねん、よそに」

「!」

思いもよらない告白に、どんな弁解も聞くまいと思っていた楢崎も、思わず息を呑《の》む。両手で膝小僧を握りしめ、鮫島は青ざめた顔で掠れた声を絞り出した。

「誰にも言わんといてくれや。嫁はんも知らんのや。……認知して、養育費を払ってる。そやから、どうしても明細が出えへん金が、けっこうな額、必要やねん。それで……」

「それで、患者さんから謝礼を受け取り続けてきたと」

鮫島は、力なく頷く。楢崎は、ささやかな同情心を脇に押しやり、あくまで事務的に訊ねた。

「そのお子さんは、おいくつですか」

「……三歳になる」

(ということは、前回のカリノ製薬の治験のとき、その子供はすでに生まれていたわけだ。養育費が必要……なるほど、治験データを売り飛ばすには十分な動機だな)

そう考えた楢崎は、詰問口調のまま、しかしさりげなく、治験のことを口にした。

「ということは、前回、潰瘍性大腸炎の治験をカリノ製薬がここで行ったとき……もう、お子さんは生まれていたわけですね?」

思わぬ質問に、鮫島は白衣の袖で額の汗を拭い、小さく頷く。

「そう……やけど?」

「当時から、先生は養育費として、まとまった金が……しかも、裏金が必要だったわけだ。あるいは、大事な治験データを、それをほしがる第三者に売り渡したのでは……」

楢崎は、思い切って核心に触れてみた。だが、鮫島の反応は、楢崎の期待とは違うものだった。呆気《あっけ》にとられたようにポカンとして、鮫島は楢崎をまじまじと見たのである。

「は? 治験データが、なんやて?」

「いえ、ですから治験データを……」

「おやおや、こんな時間まで、激論かい? 仕事熱心だね、二人とも」

しらばっくれるなと言わんばかりに声を荒らげかけた楢崎も、唖然《あぜん》としていた鮫島も、いきなり割って入った声に、驚いて口を噤《つぐ》んだ。

戸口に立っていたのは、病棟長の駒井岳彦だったのである。

「あ……いや、これは、その」

尊敬する先輩に、自分が他の医師を詰《なじ》っているところを見られたかと、楢崎はやや慌てる。その隙をついて、鮫島は素早く立ち上がった。そして、楢崎が引き留めようとするのを振り切り、医局を飛び出していく。

「おい、まだ話は……!」

「まあ、待ちなさい、楢崎先生。……悪いが、医局に入りかけたところで、君たちの会話が聞こえてきてね。あらかた聞かせてもらった」

追いかけようとした楢崎の二の腕を、駒井は力強い手でしっかり摑み、引き留めた。痛いほどのその握力に驚嘆しながらも、楢崎は険しい顔で言い返そうとする。

「だったら、行かせてください！　ここで話を終わらせて、いいはずがない。鮫島先生は、患者から個人的に謝礼を受け取っていました！　しかも、前回のカリノ製薬の治験データを……あ、いや、それは」

憤りに任せて迂闊なことを口走り、楢崎はさすがに焦って動きを止める。駒井は、そんな楢崎の肩を叩き、腕を摑む手を離した。

「まあまあ。楢崎先生らしくもない。落ち着きなさい。謝礼の件は、僕の耳にも入ってきている。あらためて、僕のほうから問い質そう。それから……」

太く落ち着き払った声でそう言い、駒井はふと言葉を切って、楢崎の端整な顔をつくづくと見た。そして、やはり穏やかな声音で、諭すようにこう言った。

「なぜ、楢崎先生が前回の治験のデータについて言及したかは、今は問わない。……でも君は、治験データが他社に流出したことを知っているんだね？」

楢崎は息を吞み、目を見開いた。駒井こそ、なぜそれを知っているのか。あるいは、病棟長という立場ゆえ、誰かから話を聞いたのか……。

それを確かめる前に、駒井は、再び口を開いた。

「鮫島先生は、データ流出の件には無関係だよ」

「なぜ、そう断言できるんです?」

自分の推測を容易《たやす》く否定され、いくぶんムキになって、楢崎は突っかかる。そんな彼にどこか切なく笑いかけ、駒井は静かに告げた。

「それはね。二年前、治験データをF社に売り渡したのは……僕だからだ」

「な……っ⁉」

想像だにしていなかった言葉……しかも、自分が真っ先に容疑者から外した恩人、尊敬する先輩の告白に、楢崎は言葉もなく、呼吸すら忘れて立ち尽くした……。

第五章　君の秘密

ガランとした医局。そこで突如訪れた沈黙に、先に耐えられなくなったのは楢崎だった。

「まさか……そんな。駒井先生が、そんなことをするはずがないじゃないですか」

すると駒井は、酷《ひど》く痛そうな顔で「場所を変えないか」と言った。

「場所を？　いえ、ここでいいです。ちゃんと話してくださ……」

「さっき、僕が鮫島先生と君の話を聞いてしまったように、医局では誰が入ってくるかわかったもんじゃない。落ち着いて、君と話したいんだ」

酷くつらそうな表情ではあるが、駒井の声は冷静そのものだ。無様に動転した自分を恥じつつ、楢崎は深い息を吐いて気持ちをどうにか落ち着け、頷いた。

「わかりました。駒井先生にお任せします」

「では、行こうか」

そう言って、駒井は医局を出て行く。自席の机の上で、携帯電話が振動していることに気づき、楢崎はふと躊躇った。ランプが七色に光っているので、万次郎からの電話着信だ。いったん席に戻ってチェックしようかと思ったが、先輩である駒井を、私用で待たせるわけにはいかない。

（大野木を食事に連れていくと決めたとき、夕食はいらないと連絡は入れてある。たいした用事ではあるまい）

そう判断して、楢崎は携帯電話をそのままに、駒井を追って廊下へ出た。

迷いのない足取りで歩きながらも、駒井は行き先を口にしない。楢崎も、どこへ向かっているのかと問うことはなく、ただ無言で駒井から少し遅れてついていく。

節電のために照明が間引きされた廊下は薄暗く、楢崎を鬱々とした気分にさせた。

入局以来、駒井は常に楢崎の三歩も四歩も向こうを歩き続ける理想の先輩だった。

駒井は愚直なまでに患者に寄り添うタイプ、楢崎は常に患者から一歩離れ、客観的な視点を保ち続けるタイプで、互いの医療に取り組む姿勢はほぼ真逆だったが、楢崎は、研修医のときから、駒井の誠実さと、診断や治療の的確さを常に尊敬してきた。

駒井のようにはなれずとも、楢崎なりのやり方で、いつかは駒井に並んで立てるよう、自分を磨き続けてきたのだ。

だからこそ今回、二年前の治験データ流出の件を茨木に告げられたとき、楢崎はなんの躊躇もなく、真っ先に駒井を要警戒者リストから外した。

誰よりも患者思いの彼が、患者が身をもって提供してくれた治験データを、私利私欲のために悪用するなど、ありえないと思ったからだ。

それなのに、その駒井にあっさりと自分が犯人だと告白され、楢崎の心は、千々に乱れていた。

信じられない気持ちと、しかし嘘をつかない駒井の言うことなのだから真実なのだろうと考える理性がせめぎ合い、そこに、なぜそんなことをという憤りが加わって、いつものポーカーフェイスを保つことができない。

複雑な面持ちの楢崎を一度も振り返ることなく、駒井が向かった先は、病棟の屋上だった。

飛び降り防止のため高いフェンスに囲まれているものの、最近では職員や患者のために花壇が作られ、ちょっとした憩いの空間になっている。

夜もソーラーライトでそこここが照らされてはいるが、さすがに消灯時刻が迫っている今、来る者は誰もおらず、人影はなかった。

「ここならいいだろう」

そう言って、駒井はベンチに腰を下ろした。楢崎も、無言で隣に座る。屋上に吹く風は肌寒いほどで、樹脂製のベンチもヒンヤリと冷えていた。

「さっきの話、本当なんですか？」

座るなり楢崎が投げつけた問いに、駒井は深く頷いた。

「ああ、本当だ。二年前、カリノ製薬の潰瘍性大腸炎治療薬の治験データを、F社に流したのは、この僕だよ。君が疑っていた鮫島先生は、その件に関しては無実だ」

ソーラーライトのやわらかな光に照らされた駒井の顔は、妙に穏やかだった。抱えていた秘密をようやく誰かに打ち明けられて、安堵しているように見える。

淡々とした、まるで他人事のような駒井の口調に苛立ち、楢崎は尖った声を上げた。

「俺には、信じられません！　先生は、そんなことをする人じゃない！」

だが駒井は、小さく首を振る。

「僕は、君が思ってくれているような人物じゃないよ。長らく君を騙してしまって、申し訳ないね。僕は所詮、目先の欲にかられて大事な治験データを売るような、卑れ……」

「嘘です」

駒井の言葉を遮り、楢崎はそう言い切った。真っ直ぐに背筋を伸ばし、傍らの駒井を鋭い目で見つめる。

「俺は、自分の人を見る目には、絶対的な自信があります。綺麗事を言うだけで行動が伴わない奴はすぐにわかりますし、決して認めません。ですが、駒井先生は違う。先生はいつも、医師のあるべき姿を、俺に見せ続けてくれました。それも、俺が研修医の頃から一度も偉ぶることなく、俺を一人前に扱ってくれつつ、です」

「……そうだったかな」

面はゆそうに目を細め、しかし駒井は、楢崎から視線を逸らそうとしない。普段は自分の胸の内を滅多に表に出さない楢崎も、精いっぱいの素直な言葉を紡ぎ続けた。

「俺は、高慢で鼻持ちならない研修医だったと思います。そのことを、先生は言葉で指摘せず、ご自分の仕事ぶりで、思い知らせてくれました。先生は、俺の医者としての原点であり、今もって、遠い目標です。だからこそ……データを流出させたという言葉だけでは、とても信じられません」

「金のためだと言ったら？」

駒井は探るように言ったが、楢崎は毅然《きぜん》として言い返した。

「金がほしいなら、犯罪行為に手を染めずとも、先生なら市中病院にいくらでも引き合いがあるはずです。給料のいい病院へ移ればいいだけの話だ」

「明快だな。さすが、消化器内科のエースだ」

「茶化さないでください！　いったい二年前、先生に何があったというんです」

駒井は、意志の強そうな真一文字の唇を固く引き結ぶ。言葉ではなく表情で、それ以上言うつもりはないと主張しているのだ。しかし楢崎のほうも、一歩も引き下がらない。

「駒井先生。勝手な言い草ですが、俺にとって先生は、たったひとりの師匠です」

「…………」

「もし先生も、俺のことを少しでも教え子だと思ってくれているなら、本当のことを教えてください。でないと俺は、この先ずっと、犯罪者を師匠に持ったことを恥じ、後悔し続けることになります。俺はそんな生き方をしたくはありません。俺に……そんな人生を、歩ませずにいてくれませんか」

駒井の喉が、小さく鳴った。

常に「消化器内科のクール・ビューティ」の名をほしいままにし、同僚に協力はしても、依存も妥協も馴れ合いも許さない、自他共に厳しい孤高の男。

そんな楢崎が、胸の内をさらけ出し、自分を師匠と呼んだことに、駒井は胸を打たれたのだろう。長い沈黙の後、彼は「わかった」と絞り出すような声で言った。

楢崎は、きちんと姿勢を正したまま、駒井が話し出すのを待った。張りつめた空気が、二人を包み込む。ジワジワと足元からしみてくるような夜の冷気も、二人には近づけないようだった。

やがて駒井は、小さく両手を挙げてみせた。溜め息と共にガックリと肩を落とし、何度か小さく頷く。

「降参だ。君は、意外と人情家なんだな。……いったいどういう経緯で、君が一昨年の治験データ流出の件を知り、真相を追及していたのかは知らない。でも、僕が罪を認めさえすれば、峻烈《しゅんれつ》な君なら、その事実だけで僕を裁いてくれるだろうと思っていたのに」

楢崎も、ごく小さくかぶりを振る。

「俺は、医局の名誉を穢した奴を知りたくて、真相を探っていただけです。俺自身には、データ流出の犯人を裁く権利も、意志もありません」

「……そうか」

駒井は小さく微笑し、低い声でこう言った。

「データをF社に売った理由はただ一つ。カリノ製薬では、駄目だったからだ」

「カリノ製薬では駄目だった？　何が、なぜ……？」

計算式を見せず、いきなり答えだけを提示するような駒井の言葉に、楢崎は目を剝く。だが、楢崎を翻弄《ほんろう》する意図はなかったのだろう。駒井はすぐにこうつけ加えた。

「二年前、カリノ製薬が潰瘍性大腸炎の治験を行っていたとき……実は、O大学医学部付属病院に、僕の、当時二十歳になる娘が入院していた。潰瘍性大腸炎でね」

「えっ？」

初めて明かされる事実に、楢崎は驚きの声を上げた。暗がりに慣れた目には、駒井の表情がはっきり見える。まるで遠い思い出を語るように、駒井は静かに微笑んでいる。

楢崎は、話の流れが見えないまま、問いを口にした。

「それは、少しも知りませんでした。しかし、なぜ、O大に？　お父さんであり、しかも潰瘍性大腸炎のプロである先生のいるK医大に入院すればよかったじゃないですか」

すると駒井は、悲しげな笑い筋を目尻に刻んだ。

「うちの娘は、父親をよく理解していてね。一人娘が可愛すぎて、僕は昔から彼女のこととなると、てんで駄目なんだ。いつもの僕ではいられないんだよ」

「……はあ」

「医者のくせに、娘が子供の頃、ちょっとしたことで熱を出すと、それだけで僕はオロオロして何もできなくなってしまってね。一般人の妻に叱《しか》り飛ばされて、当て外れの場所を引っ繰り返して解熱剤を捜すような役立たずだよ。あの子が生まれてから、ずっと」

「先生は、医局ではいつも冷静沈着ですから、そんな姿は想像できませんよ」

楢崎の素直な感想に、駒井は小さな声を上げて笑った。

「だろうね。我ながら、信じられない醜態を晒《さら》してしまうんだ。でも、父親というのは、そういうものなんじゃないかね。君もいつか、家庭を持ち、子供を持てばそうなるだろうさ」

なんの含みもなくそう言われて、楢崎は思わず絶句する。

「家庭」という言葉を聞いて、咄嗟に脳裏によぎったのは、すっかり楢崎家に住み着いてしまった万次郎の姿だった。

あくまでも万次郎は居候だと言い張る楢崎だが、最初こそなし崩しだったとはいえ、延々と身体の関係を持ち続けているし、決してそれが嫌ではない。

ただ性欲を満たすだけなら、これまで女性に不自由したことがない楢崎である。いくらでも相手を見繕うことができるだろう。それなのに、今の相手は、万次郎ひとり……しかも、楢崎は抱かれるほうだ。恋人関係だとは決して認めたがらない楢崎といえども、彼との行為が、ただの酔狂や気の迷いで続いているとは思えない。

どうにも不思議な腐れ縁になりつつある万次郎を自宅から追い出し、他の女性と家庭を持つ……。

駒井の言葉に、そうした光景を脳内でシミュレートしてみたが、どうしても上手くイメージが浮かばない。キッチンに立つ「未来の妻」の顔が、何度やり直しても万次郎になってしまうのだ。

「……そっ、そんなことは今はどうでもいいんですッ」

スカートに清楚《せいそ》なエプロン姿の新妻バージョンの万次郎を想像してしまい、深刻極まりないこの場にそぐわない大混乱に陥りかけた楢崎は、ニコニコ顔でおたまを持つ万次郎のイメージを、思い切り頭を振ってかなぐり捨てた。そして、荒々しいアクションのまま、きつい口調で駒井に話の続きを促した。

「そっ、そ、それで！　その、お嬢さんは先生の腕が信用できなくて、他の病院に入院されたということですか？」

駒井は、やけに動揺している楢崎をいささか不思議そうに見ながらも、素直にその問いを肯定した。

「半分は、そういうことになる」

「半分……ですか？」

「潰瘍性大腸炎を発病したとき、娘はまだ十五歳だった。ずいぶんと早い発症だ。下痢、粘血便、激しい腹痛、発熱……典型的な症状だが、年頃の娘が、医者とはいえ父親に告白するのは恥ずかしすぎたんだろう。母親に相談して、こっそり他の病院を受診し、病名を宣告された。しかも、かなり重症で、即、入院治療が必要だと」

楢崎は、どうにか落ち着きを取り戻し、駒井の話に耳を傾ける。

「なるほど……」

「その時点で僕も事態を知らされ、即座にうちの病院に入院させようとしたよ。だが、パパにお尻を見られるのは絶対嫌だと娘は泣いて嫌がるし、家内にも詰問されてね。あなたは、果たして本当に冷静に、あの子の治療にあたれるのかと。主治医として娘を診《み》ながら、他の患者さんたちのことも、同様に大事にできるのかと」

駒井は、がっしりした肩をそびやかせ、寂しげに笑った。

「もちろんだ、馬鹿にするな……と言いたかったのに、言えなかった。病名を聞いただけで、僕はパニック状態だったからね。まさか、自分が専門にしている難病に、一人娘が罹《かか》るなんて……と。娘も家内も、僕のそういう様子に不安を感じ、心配してくれていたんだ。特に娘は、自分の病のことより、それを知った僕がショックを受けることを深く案じてくれていたそうでね。知ったときは、涙が出たよ」

「……それで、お嬢さんをO大医学部に?」

「そうだ。あそこも潰瘍性大腸炎の症例は多く経験しているし、僕と懇意なドクターもいる。僕は、必要なときにアドバイザーを務めることにして、娘をO大に託した。あちらでは、熱心に治療してくれたよ。娘も、頑張った。……しかし、炎症が激しく、何度も再発を繰り返し……腸管外合併症も出てしまってね」

「それは、潰瘍性大腸炎の患者の中でも、かなり重症ですね」

「ああ。自分の受け持ちの患者たちは、容態が安定して笑顔で退院していくのに、僕の娘だけは、次々と増えていく症状に苦しみ続けている。本人も、見守る僕や家内も、死ぬほどつらい状態だったんだよ、治験の頃は」

「そんなふうには、ちっとも見えませんでした。先生は、いつもと少しも変わらない態度で、仕事をなさっていたと記憶して……」

「プライベートはプライベート、仕事に響かせてはいけないだろう? そのために、娘を他の病院に入院させたというのに」

楢崎の言葉に往年の指導医めいた口調でそう言いつつも、駒井はほんの少し、悪戯《いたずら》っぽい目つきをした。

「……とはいえ、何をしていても、心にあるのは娘のことばかりだった。O医大で最善の治療を受けているとはいえ、父親として、潰瘍性大腸炎のスペシャリストとして、何かしてやれることはないのか、あるはずだ……と、狂おしく模索する日々だったよ。君だって、誰より大切な、近しい人がそんな病に倒れれば、同じようになるんじゃないか？」

「………」

楢崎は、同意も否定もせず、ただじっと駒井を見つめている。眼鏡の奥の切れ長の目には、複雑な感情が渦巻いていて、彼の胸の内を推し量ることはできない。

「そうか、君はクールが身上だったね」

駒井は楢崎の肩を叩いてそう言い、深い溜め息をついた。

「実を言うと、一昨年の治験薬が、僕にとっては大きな……そして、当時の状況では唯一の光だったんだ。ステロイドと併用することによって、潰瘍性大腸炎の症状だけでなく、腸管外合併症にもかなり改善が見られる……そんな好ましい結果が、治験で出ていたからね」

「合併症に苦しむお嬢さんにとっては、救世主となるかもしれない薬剤だったわけですね」

「そうだ。結腸の炎症に加え、アフタ性口内炎、関節炎、結節性紅斑……娘を苦しめる合併症を、少しでも軽減してやりたい。そのためには、この治験薬が大いに役に立つ。僕は、治験結果を見て、喜びに震えたよ。治験に参加してくれた当時の患者と同じように、娘も楽にしてやりたい。……残念ながら、O大は治験に参加していなかったから、僕としては、治験薬が早く承認され、新薬として発売される日が来ることを祈るしかなかった」

話が核心に迫りつつあるのを感じ、楢崎は駒井のほうにわずかに膝を進めた。

「それならば、なぜ、治験データを売り渡すような真似を？　むしろ、カリノにデータをきちんと提出したほうが……」

しかし駒井は、楢崎のもっともな言い分を即座に否定した。

「いや。さっきも言ったように、カリノでは駄目だったんだ」

「それは、いったいなぜなんです？」

すると駒井の目が、父親から医師のそれに変わった。丸みつつあった背中も、瞬時にピンと伸びる。

「免疫抑制効果のある薬は、言うなれば両刃《もろは》の剣だ。効果があればあるほど、危険も増す。あの治験薬も、患者のデータを見る限り、すぐさま新薬として発売するには、副作用が多すぎた。君には釈迦に説法だろうが、薬効を保ちながら副作用を軽減していくというのは、新薬開発自体と同じくらい、たいへんなことだ」

「……はい」

製薬会社の人間でなくても、薬剤を日常的に扱う医師として、薬効と副作用のジレンマについては、よくよく身にしみている楢崎である。そこは完璧に理解できたものの、駒井の「カリノでは駄目だった」という言葉の意味は、まだよくわからない。

そんな楢崎の目の前で、駒井は深い溜め息と共に、両手で顔を覆った。

「カリノ製薬は、小さな会社だ。治験データを踏まえて、承認を得られるよう改良を施すのに、時間がかかる。一刻も早く、娘を楽にしてやりたいという父親の思いが、医師としての……いや、人としての良心を凌駕《りょうが》してしまったんだ。あのときの僕は、まともじゃなかった」

後悔に満ちた駒井の声と、見たことのない打ちひしがれた姿に、楢崎はようやく事態を理解した。

「もしや、先生はお嬢さんのために、一刻も早く新薬が発売されるよう、より大きな会社であるF社にデータを……」

ゆっくりと頭を抱えていた手を離し、駒井は重々しく頷いた。

「そうだ。治験が終了に近づいた頃、F社の人間が、秘密裏に僕に接触してきた。娘のことも、調べ上げていたよ。それでも、いつもの僕なら決して相手にしなかったはずだ。だが、うちはカリノと違って大きな会社ですよという、その言葉によろめいた。確かにF社は、世界じゅうに研究所を持つ、大規模な製薬会社だ。同じデータから、カリノよりずっと早く、より良質な薬剤を作り上げることができるだろう。そう思ったらつい、治験薬の現物と詳細なデータ、それに治験データをそっくり渡してしまっていた」

「それで……本当に、多額の報酬を受け取ったんですか？」

「一度はね。だが全額、F社での研究開発費にあててもらった」

「そんなことは、なんの言い訳にもならない！　あなたはその後も平気な顔で、ここで仕事を続けていたんですか！　あなたの犯罪行為のせいで、確かにF社から、驚くほど早く新薬は出ました。ですが……そのせいで、カリノは大損害を被ったんですよ。そのことを、なんとも思っていないんですか！」

別に、楢崎は茨木に好意を持ってはいない。むしろ、弟分の京橋を、自分が知らないうちに横からかっ攫《さら》っていった、抜け目のない、いささか不愉快な男だと思っている。

だが、茨木に対する印象とはまったく別に、駒井の不正のせいで、彼が属するカリノ製薬の研究者たちが長年の苦労を水の泡にされたことには、激しい憤りを感じていた。さらに、たとえそれが一方的なものであっても、自分の長年の尊敬の念を駒井が無残に踏みにじったことについて、胸の奥に深い失望と怒りがある。

そうした思いが、楢崎の声を刃《やいば》のように尖らせた。左の拳でベンチを打った楢崎に、駒井は力なく首を振った。夜の闇《やみ》の中で、これまで大きかった駒井の身体が、妙にしぼんでしまったように見える。

「なんとも思わないはずがないだろう。自分を恥じ、罪の意識に耐えかねて、すべてを教授に打ち明けてしまおうと思ったさ。だが、教授は、そうしたことを胸にしまっておいてくださるような方ではない。きっと激怒して、すべてを明るみに出してしまうだろう。それでは、せっかくデータを横流ししたのに、F社が新薬を作ることができなくなってしまう」

「それで……ダンマリを貫いたわけですか！」

「ああ。無事に新薬が出るまでは、この件は自分の胸におさめていこう、その代わりに、娘と同じ腸管の難病に苦しむ人たちのために、少しでも役に立とう……。それが、この二年間、僕にできるせめてもの罪滅ぼしだったんだ。カリノ製薬への贖罪《しょくざい》は、できずじまいでいたが、今回の治験で、できうる限りの協力をしようと……」

「そんなことで、罪はあがなえないでしょう」

楢崎の声は、冷ややかだった。事情は理解できたし、ある程度同情もしたが、だからといって、人間の道を踏み外すことを容認することは、潔癖な彼にはできなかったのだ。

駒井も、弁解のつもりでそう言ったわけではないらしい。楢崎の厳しい言葉にも、反論しようとはしなかった。

「君の言うとおりだ。罪の意識を、一日たりとも忘れたことはないよ。……だが、とうとうF社から、カリノの治験データを踏まえて研究された新薬が、承認を受けて発売された。もう、僕が自分の罪を隠す必要はどこにもない。この治験が終わって、きちんとしたデータをカリノ製薬の担当者に引き渡した時点で、僕は、教授に二年前の悪事を打ち明けるつもりだ。できるだけ医局に迷惑がかからないよう、しかしできるだけ厳しい処分をお願いしようと思っている」

そこで言葉を切って、駒井は楢崎の強張った顔を、対照的なまでにやわらかな表情で見つめた。

「それで、君はどうする？　さっきは真相を知りたいだけだと言っていたが、今はどうだ？　真相を知って、ますます僕に幻滅したようだが」

「……幻滅しました」

楢崎は、嗄《しわが》れた声でそう言い、両手の指を腿の上で緩く組み合わせた。そして、薄雲のかかった夜空を見上げる。

「先生には失望しましたし、そんな先生を尊敬していた自分にも、腹を立てています」

「………」

「しかし、さっき先生は、自分に近しい人間が、重病に倒れたらどうするとおっしゃいました。先生と話しながら、ずっと考えていました」

「……うん？」

楢崎は細い月を見ながら、彼にしては珍しく、考え考え言葉を吐き出す。

「俺にはこれまでそういう経験がありません。でもつい最近までは、きっと自信を持って、たとえそういう場合でも、自分は冷静かつ公明正大に振る舞えると断言できたと思います」

駒井は意外そうに、楢崎の彫像のように整った横顔を見た。

「今は、違うのか？」

「……わかりません。今も、冷静であろうと努力はすると思います。ですが……以前のよう

に、確信を持ってそうあり続けられるとは言えません」

「ほう」

駒井は意外そうに、そして興味深そうに目を見開き、それから少し嬉しげに、楢崎に笑いかけた。

「それは君に、大切な人ができた……ということなのかな。いや、詮索はしないよ。鉄壁のクール・ビューティが、少しは人間臭くなったわけだ。素晴らしいじゃないか」

「……そうでしょうか」

「ああ。弱みを持たない、揺らがない人間ほど、いざというとき脆《もろ》いものだ。……ああいや、君にそんな偉そうなことを言える立場では、もうなかったな。それで？」

先を促され、楢崎はやや困惑気味に話を続けた。

「俺は……先生のしたことを、やはり許せません。もう、これまでのように百パーセントの信頼を、先生に抱くことはできないと思います。それでも……先生を責めることはできません。きっと、親というのはそういうものなんだろうと推測するからです。あの、お嬢さんは、今……？」

いくぶん心配そうに問われ、駒井は目尻を和ませた。

「ああ。O医大での粘り強い治療が功を奏して、徐々に症状が軽くなってきている。これで、さらにF社の新薬が効いてくれれば……と願っているよ」

「そうですか。それはよかった」

小さく頷いて、楢崎は立ち上がった。駒井は、驚いた様子で楢崎の冷たく整った顔を見上げる。

「楢崎先生?」

すると楢崎は、指先で眼鏡をクイと上げ、いつものポーカーフェイスを取り戻して、駒井を見下ろした。

「俺は、このことを、カリノ製薬の知人に話す義務があります。ですが、他の人間には言いません。あとは……先生が、ご自分の思う方法で償いをすればいいと思います。俺が口を出す義理ではありません。ただ、教授におっしゃることは、どうかと思います。カリノは、事を荒立てず、穏便に済ませたいと思っています。教授が二年も前のことを今さら騒ぎ立てては、医局にも、カリノにも、F社にも迷惑でしょう」

「……確かに。これは、僕の短慮だったな」

「俺が言えるのは、それだけです。先生がこれからどうするか、俺はただ見ています」

そう言い放ち、楢崎は駒井に背を向けた。そのまま、出入り口の扉のノブに手をかけたところで動きを止める。

振り返ると、駒井は立ち上がり、じっと楢崎を見つめていた。楢崎と視線が合うと、駒井は、深々と一礼する。

それは、言葉ではなく行動で示された、駒井の感謝と別れの挨拶だった。おそらく駒井は、治験終了と同時にK医大を去るのだろう。

「これまで、ありがとうございました」

ニコリともせずそう言うと、楢崎も、これまでの人生でいちばん深く頭を下げた。そして、再び駒井の顔を見ることなく、扉の向こうに消えた……。

＊　＊

医局に戻った楢崎は、帰り支度をしながら、ふと思い出して携帯電話をチェックした。

やはり、万次郎から何度か着信がある。最終は、たった五分前だ。どうやら、「どうでもいい用事」ではなかったらしい。

誰もいないとはいえ、医局で私用電話をするのは憚《はばか》られる。病棟を出て、駅に向かって歩きながら、楢崎は万次郎の携帯電話にかけてみた。

コール音一つで、スピーカーから万次郎の声がした。

『先生？　あれ、まだ仕事中？』

「いや、たった今、職場を出たところだ。あまり食わない学生だったから、お前に土産がたくさんあるぞ。……それより、何度か連絡してきたようだが、何かあったのか？」

するとと万次郎は、なぜか酷く慌てた様子で、気まずそうな早口で言った。

『あ、いや、えっと……その、今ちょっとさあ……うわっ』

ブツッ！

「⁉」

突然、万次郎のほうから通話が切られてしまい、楢崎はギョッとした。これまで一度も、万次郎がそんな無礼な真似をしたことはない。しかも、万次郎自身が何か説明しようとした矢先のことだ。

「まんじ⁉　おいっ？　ああいや、切れているのに何を言っているんだ、俺は」

思わず携帯電話を耳に強く押し当てて万次郎に呼びかけ、その無意味さに気づいて自分自身に呆れる。まだ人通りの多い道端で立ち止まり、楢崎は即座に万次郎にかけ直してみた。だが、「電源が入っていないか、電波の届かないところに……」というお馴染みのメッセージが流れ、万次郎に連絡をつけることができない。

「いったい、何をしているんだ、あいつは」

奇妙な胸騒ぎがして、楢崎は立て続けに何度かかけてみた。だが、やはり万次郎の携帯電話は、繋《つな》がらないままだ。

奇妙な胸騒ぎに襲われつつ、楢崎は定期入れをポケットから出した。改札を通り、プラットホームに向かう足が、自然と速くなる。

(何か……事件でもあったのか？　いや、あいつも子供じゃないんだ。よほど物騒なことなら、俺に連絡するより、警察に電話するだろう)

ホームで電車を待ちながら、履歴をあらためて子細に確かめると、一時間ほどの間に三回着信があった。しかし、留守番電話には、「手が空いたら電話して」とたった一言、驚くほどの早口でメッセージが入っているだけだ。

(どういうことだ……？　いったい、何があったというんだ)

とにかく、帰宅して本人に確認するしかない。万次郎のことだ、何があっても自分でどうにかするだろうと思いつつも、気が急《せ》く楢崎である。

いち早く乗り込んだところで電車のスピードに変わりはないのだが、近づいてくる電車を、黄色いラインギリギリのところに立って待ち構えたのだった。

「帰ったぞ！」

駅から自宅マンションまで、走りたい気持ちをぐっとこらえ、平静を装って最大速度で歩いて帰った楢崎は、玄関の扉を開けるなり、いつものように……いや、いつもより大きな声でそう言った。

だが、いつもならドタドタとうるさい足音に続き、「お帰り！」と出迎える万次郎が、今日はいつになっても現れない。

それどころか、玄関の照明は点《つ》いているものの、家の中からカサリとも物音がしないのだ。

（どういうことだ？　玄関は、ちゃんと施錠されていた。いや、待てよ）

ふと視線を落とすと、いつもならちょっとした外出用の共用サンダルと共に置いてあるはずの、万次郎の大きなスニーカーがない。どうやら、万次郎は家にいないようだ。

（あいつ、まさかあの電話は、出先からだったのか？）

怪しみながら、武器にもならないだろうが、用心のため長い靴べらを持ち、楢崎は足音を忍ばせて居間に入った。

明かりを点けて見回したが、怪しい人影はなく、万次郎もやはりいない。

キッチンには照明が点いていたので、楢崎は万次郎を呼びながら、そちらへ向かった。そして、飛び込んできた光景に目を見張る。

「……まんじ？」

「これはいったい……」

調理台の上には、夕食の支度が中途で放り出されている。

コンロの火こそ消してあるが、鍋の中には、おそらくはカレーかシチューを作りかけだったのだろう、人参とジャガイモとタマネギが、鶏肉と共に煮えていた。鍋はまだ、ほんのりと温かい。

まな板の上には、刻みかけのキャベツがどんと載っている。包丁も出したままだ。おそらく、今夜は楢崎が外食すると連絡したので、明日の下ごしらえでもしていたに違いない。

その途中で、何かがあったと考えるのが妥当だろう。

「まさか、足りない材料があることに気づいて、買い物に走っている……とか?」

だからといって、買い物に行くという連絡のために、あんなに何度も電話してはこないだろう。留守電に一言残せば済むはずだし、一時間もあれば帰ってこられるはずだ。

「しかし、他に考えつかんな」

他の部屋も念のため覗いてみたが、万次郎はどこにもいなかった。

「あいつめ。家主が帰ったときに家にいないとは、いい根性じゃないか」

そんな捨て台詞に似た言葉を吐いて、楢崎はどっかとソファーに身を沈めた。もう一度、万次郎の携帯電話にかけてみたが、やはり電源は切れたままだ。

「やれやれ」

こうなってみれば、楢崎には待つより他にしようがない。幸い、大野木と食べた中華料理のおかげで胃袋は満たされているし、いつもどおり浴槽に湯が張ってあったから、入浴でもして待っているうちに、万次郎も帰ってくるだろう。

「とりあえず、風呂に入るか……」

上着を脱いでソファーの背に引っかけ、ネクタイを引き抜いてその上に置いて、楢崎は立ち上がった。

いつもはそうして置いておくと、万次郎がブラシをかけて、ちゃんとクローゼットに収納しておいてくれるのだ。同居を始めてからというもの、万次郎があれこれと世話を焼いてくれるせいで、すっかり怠け癖がついてしまった楢崎である。

とりあえず、ゆっくり風呂に入って、上がってきたら、しれっとここにいるであろう万次郎に小言の一つも言い、携帯電話の件についても問い質そう。そう思いながら、楢崎はバスルームへと向かった。

しかし、風呂から上がっても、万次郎は帰っておらず、相変わらず携帯電話も通じなかった。

ますます心配になった楢崎だが、たいていのことではびくともしない丈夫な万次郎だけに、警察に通報して大ごとにするのは躊躇われる。

とはいえ、楢崎が好きだ好きだと毎日飽きもせず繰り返し、いつまで経っても隙あらばくっつきたがる万次郎が、楢崎に無断でいなくなるとは考えにくい。以前に一度だけそういうことがあり、楢崎が激怒したという事件はあったが、それは定食屋のマスター夫婦が急病でてんやわんやしていたせいで、決して万次郎が楢崎を疎《おろそ》かにしたわけではないのだ。

（まったく、どこで何をしているんだ……）

居候がいなくなったところで、痛くも痒くもないと自分に言い聞かせてみても、楢崎が認めようと認めまいと、実際は、どこからどう見ても彼の恋人ポジションにある万次郎だ。心配でないはずがない。

先に寝てしまおうとしたが、どうにも寝つかれず、結局、ソファーでテレビを見ながら待つうち、いつの間にか寝入ってしまったらしい。気がつくと、窓からは朝日が差し込み、室内は薄明るくなっていた。

「……まんじ？」

玄関を見に行ったが、やはり万次郎の靴はなかった。キッチンにも、台所にも、そして寝室にもバスルームにも、万次郎の姿はない。

あるいは深夜、楢崎が眠っている間に一度でも帰ってきたのかも……と思ったが、万次郎のことだ、必ずソファーで寝ている楢崎をベッドに入れていくだろう。そんな気恥ずかしい行為をいつしか当然のことと思っている自分に愕然《がくぜん》としつつ、楢崎は、コーヒーテーブルの上に置いたままだった携帯電話をチェックした。

万次郎からの連絡はない。やはり彼の携帯電話には、電源が入る気配もない。

「……もう、あんな奴のことは知らん！」

心配のあまり癇癪《かんしゃく》を起こして、楢崎はソファーの上に携帯電話を放り投げた。

仏の顔も三度までというが、無断外泊を二度許すつもりなど毛頭ない楢崎である。前回はやむを得ない事情だったが、今回もそんな都合のいい展開ではあるまい。

「この家から叩き出してやる！　今度という今度は、愛想が尽きた！」

そんな苛立ち紛れの悪態をつき、楢崎は寝室へ着替えに行こうとした。だがそのとき、クッションの上に投げ出された携帯電話が、着信音のタンホイザー・マーチを景気よく響かせた。

「……っ！」

もう知らないと言ったのはどの口だったのか、楢崎は自分でも驚くほどのスピードでソファーに戻り、携帯電話を取り上げる。しかし、液晶画面を見た瞬間、楢崎の端整な顔には、あからさまに落胆の色が広がった。

そこには、「茨木」の文字が光っていたのである。

「こんなときに、いったいなんの用だ！」

イライラと呟き、それでも昨夜の駒井のことがあるだけに、茨木と話さないわけにはいかない。不機嫌の極みで、楢崎は通話ボタンを押し、携帯電話を耳に当てた。

「もしもし」

地を這うような声を出し、挨拶すらしなかった楢崎だが、スピーカーから聞こえる茨木の声も、酷く上擦っていた。

『もしもし楢崎先生、朝早くからすみません。……あの、唐突な質問なんですが、もしや京橋先生が、そちらにお邪魔していませんか？』

「なんだと？　チロが？」

驚きながらも、楢崎は正直に答えた。

「いや、いない。……何かあったのか？」

すると茨木は、力ない声で言った。

『実は昨日の夕方、京橋先生といさかいになりまして。それで京橋先生、家に帰ってこなかったんです』

「お前のところもか！」

『は？』

思わず万次郎の不在を口に出してしまった楢崎は、慌てて畳みかけるようにごまかした。

「いやっ、こっちの話だ。それより、いったいどうして……」

『そのことなんですが、お会いして、お話しできませんか？　電話ではちょっと』

幸い、茨木は京橋がいないことで動転しているらしく、楢崎のことを気にしている余裕がないのだろう。茨木は万次郎のことには突っ込まず、会いたいと言ってきた。楢崎も、ホッとして、携帯電話を持ったまま、思わず頷く。

「ああ、かまわん。こっちも、言わなければならないことがあるんだ。……早いほうがいい。早めに出るから、始業前に会わないか」

『助かります。その、いつもの非常口ではお話ししにくいこともありますので、駅前のコーヒーショップでいかがです?』

「わかった。着替えたらすぐに行く」

『僕は今から出て、席を確保しておきます。では、後ほど』

通話を終えたあと、楢崎は、携帯電話を持ったまま、首を捻った。

「チロも帰っていない? どうにも奇妙な偶然だな。だが、事情が違う。あいつはチロといさかいをしたと言っていたが、俺はまんじとケンカなどしていないぞ……。まあいい。とにかく、あっちの話も聞くが、こっちも言うことがあるんだ。一分でも早く出たほうがいいな」

そうひとりごちた楢崎の顔からは、驚きのあまり、さっきまでの怒りが消えている。今度こそ速やかに着替えるべく、彼はスリッパの足音も鋭く、寝室へと向かった。


十分後、楢崎がコーヒーショップに来てみると、茨木は奥まった、人目につきにくい席に座っていた。楢崎は、カフェラテのカップを手に、茨木の向かいの席に着く。レジ前には美味しそうなサンドイッチが並んでいたが、みぞおちが重く、食欲など欠片もなかった。

「おはようございます。お呼びたてしてしまって、申し訳ありません」

慇懃に挨拶と詫びを口にする茨木の顔は、ゲッソリと憔悴《しょうすい》してしまっている。きっと昨夜は徹夜で、京橋を待ち続けていたのだろう。

うっかり途中で寝落ちしてしまった自分は、いかにも誠実さが不足しているようで、若干の後ろめたさを感じつつ、楢崎はここでも挨拶を省略して訊ねた。

「それで、なんだってケンカなんかしたんだ、お前たちは」

茨木は、眼鏡を外し、両手で目の窪《くぼ》を揉んだ。指の間から見える目の下には、黒々と隈《くま》ができている。楢崎ですら、哀れをもよおす姿だ。

そのままの姿勢で、茨木は掠れ声を出した。

「その、昨日は、先生、僕に連絡をくださいました……よね？」

楢崎は少し考えてから答える。

「ああ。ただ、電話ではなくメールだ。午前の外来中、患者が切れたときに打った。これといって目新しいことはないので、今日は会う用事がないと伝えたんだ。お前からは返事がなかったと記憶しているが」

「なるほど。僕のほうも情報がなかったので、昨日はご連絡しませんでした。そして僕、先生からのそのメールを見損ねているんですよ。返信しなかったのは、そのせいです」

茨木の聞き取りにくいほどの小声に、楢崎は厳しい面持ちで眉をひそめる。

「見ていない？　どういうことだ？」

するとと茨木は、顔から手を離し、やや上目がちに楢崎を見た。

「面目ない。実は昨日の朝は、病院に出勤する前に会社に行く用事があったもので、身支度が慌ただしくて。うっかり、リビングで充電中だった携帯を、忘れて出てしまい、取りに戻る暇もなかったんです」

「……まあ、ありがちなことではなるな」

「それで、京橋先生を起こさないようにそっと身支度して家を出たんですが、実は京橋先生、ここのところ花粉症の患者さんが多くて仕事が忙しく、過労気味で……。昨日はとうとう頭痛が酷くて起きられず、午前休を取って、家で寝ていたそうです」

茨木は、自分の迂闊さを悔やむように、深い溜め息をついてから、話を再開した。

「で、頭痛薬が効いたので起き出し、出勤準備をしていたら、リビングに置きっ放しの僕の携帯に気づき、出勤のついでに売店に届けてくださろうと思ったそうです。そうしたら、京橋先生が携帯を手に取った途端、メールが着信し……液晶を見て、知ってしまったんですよ、先生からの着信だと」

「！」

熱いカフェラテを少しずつ飲んでいた楢崎は、あやうく口の中のものを噴き出しそうになり、片手で口を塞いだ。

「待て、まさか、内容も？」

「楢崎先生が僕に直接ご連絡なさるなど奇妙に過ぎる、何か揉めているのかと心配が先に立って、つい見てしまったそうです。そうしたら、いかにも、今日は会わないものの、他の日は二人で待ち合わせて会っていたことがわかるような文面で……。いったいどういうことかと、京橋先生は、つい着信履歴もチェックしてしまったと」

今度は、楢崎がカップを置き、眉間に片手を当てる番である。

「事情を知らないチロにとっては、俺とお前が毎日のように、逢《あ》い引きとしか思えないような文面のメールを交わしていると思っただろうな」

茨木も、ガックリと肩を落とす。

「おっしゃるとおりです。夕方、鬼のような形相の京橋先生が、売店を訪ねていらして……これはどういうことかと、詰問されました」

苦い言葉に、楢崎は溜め息混じりに棘のある言葉を吐き出した。

「くだらん小手先のごまかしで、チロを丸め込もうとするからそういうことになるんだ。で、本当のことを話したのか？」

茨木は、それに皮肉で応じる気力もないらしく、素直に頷く。

「ええ。話せる範囲で。守秘義務があるので、協力者である楢崎先生以外には、詳しくは話せないのだとご説明しました。……そうしたら、烈火の如くお怒りになりまして」

「なんだ？　自分ではなく、俺を協力者にしたことをか？　だがそれは、俺が消化器内科にいるからというだけで……」

楢崎の話を、茨木は力なく片手を上げて遮る。

「いえ、それは理解してくださったんですが、僕が最初からきちんと説明しなかったことに怒っていらっしゃったのです。僕が、京橋先生を子供扱いし、信頼しなかったと」

「……なるほど」

「僕はただ、京橋先生に余計な心配をさせたくなかったし、何よりあの人は嘘がつけないので、そういった裏事情を知ってしまえば、売店に来るたび、楢崎先生を見るたび、挙動不審になってしまうのが怖かったんです」

「そういう危惧《きぐ》の念を、きちんとチロに説明したのか?」

「いえ、それを言う前に、売店を飛び出してしまわれて……帰宅してからじっくり話し合おうと思っていたのに、一晩じゅう、お戻りにならなかったんですよ。携帯電話も通じないし、あちらからも連絡はないし、いったいどこで何をしていらっしゃるやら」

「なるほど。だがまあ、あいつも大人だ。そのうち戻るさ。ところで、俺のほうからも、いい報せだか悪い報せだかは判断がつかんが、伝えることがある。事件は、片づいたぞ」

万次郎も、なぜか似たような状況で姿を消している……ということはおくびにも出さず、楢崎は、あえてサラリと話題を変えた。悲嘆に暮れていた茨木も、ハッと顔を引き締める。充血した目にも、いつもの理性が戻った。

「片づいた? どういうことです?」

そこで楢崎は、昨夜の経緯をできるだけかいつまんで茨木に語った。じっと耳を傾けていた茨木は、「そういうことでしたか……」と穏和な顔を曇らせた。

「でしたら、今回の治験で同じことが繰り返される可能性は、もうないわけですね」

「ああ。逆に、駒井先生は、おそらくここでの最後の仕事のつもりで、治験に惜しみなく協力するだろう。もう、K医大消化器内科については、治験データ流出についての懸念はない。……カリノ製薬の上層部も、それさえわかれば、二年前のことを公にするつもりはないと言っていたな?」

「はい。おそらく、安堵すると思います。たとえ先生が罪をお認めになっても、F社のような大会社を相手に戦う力は、弊社にはありませんからね。……あるいは、上層部の判断で、誰かが駒井先生に接触することはあるやもしれませんが、それも、二年前のことを水に流し、今後のご厚誼《こうぎ》をお願いするため、ということになるでしょう」

「この際、こってり恩を売り、カリノの薬をたくさん使ってもらおうという腹か」

「ええ。地道な営業活動です。裁判で大枚をはたくよりは、そのほうが弊社のやり方に合っていますからね」

「……そうか」

楢崎はいくぶん安堵した様子で、再びカップに手を伸ばし、残っていたカフェラテを飲み干した。ぐしゃりとカップを潰し、立ち上がる。

「そろそろ行かねばならん。……チロから連絡があったら、伝えてやろう。今日は、携帯を持っているんだろうな？」

「はい、もちろん。これで僕の隠密活動も終わるわけですが、約束どおり、店長が療養生活を終えるまでは臨時店長を務めます。ですから、もうしばらくは学内でお目にかかる機会もあるかと」

「……別に会いたくはないが、了解した」

「京橋先生は、たぶんお仕事には行かれるでしょうから、折を見て、医局を訪ねてみようかと思います。……その、病院でお話はできなくても、ご無事を確かめるだけでも」

「好きにすればいい。ただし、耳鼻咽喉科の医局に迷惑をかけるなよ」

「はい。気をつけます。……今回は、たいへんお世話になりました。ありがとうございました」

　仕事の話をして少し元気が出たというものの、茨木はやはり青白い顔で、それでも律儀に立ち上がって頭を下げる。茨木の視線を背中に感じながら、楢崎は店を出て、駅へと足早に向かった。


「次の方どうぞ〜」

　看護師の声に導かれ、新しい患者が狭い診察室に入ってくる。

「おはようございます。今日はどうしました？」

お決まりの問いを投げかけ、患者が語ることをかいつまんで電子カルテに打ち込みながらも、楢崎の心の半分は、京橋と万次郎にあった。

（くそ。茨木はチロだけ心配していればいいが、俺はチロに加えてまんじの心配まで……。いや待て。俺はまんじのことなんか心配していない！　断じて、あいつのことなど気にしてはいないんだ……！）

そんな意地っ張りな主張を胸の中で繰り広げてみても、無駄な抵抗である。万次郎の身に何があったのかを昨夜からあれこれ想像し、ソファーで寝入る寸前などは、「宇宙人に誘拐されたのではないか」と荒唐無稽《こうとうむけい》な可能性まで捻り出す有様だった。

さすがに診察室で電話をかけることはないが、それでも机の上には携帯電話が置いてあり、視線はしばしばそちらに向けられている。

「もう、こんな時刻か」

いつもよりずっと長く感じられた外来が終わり、昼休みに入った午後二時過ぎには、楢崎はクタクタになっていた。朝食を抜いたので、空腹なはずなのだが、食欲などまるでない。むしろ、感じるのは酷い眠気だった。昨夜、いささか奇妙な姿勢で、しかもソファーで眠ってしまったせいだろう。首も肩も、岩のように凝っている。頭も、鈍く痛んだ。

（……図書館の個室を借りて、少し仮眠するか）

そう考えて、楢崎は途中の自販機でペットボトルのお茶を買い、図書館に足を向けた。

図書館は昼寝のための場所ではないとわかっていても、容易く借りられる研究用個室はほどよく狭く、日差しもよく入るので、この季節は格好の隠れ家なのである。

万次郎からも京橋からも、連絡はいっさいない。

京橋に関しては、昨日午前休を取ったなら、今日は朝からきちんと出勤しているだろう。万次郎にしても、彼の職場である「まんぷく亭」に電話すれば、彼はきっとそこにいるはずだ。

たとえ何があっても、万次郎が大好きな定食屋の仕事に穴を空け、マスター夫婦に迷惑をかけるとは思えない。もしそうしていたなら、むしろ確実に犯罪に巻き込まれたと判断せねばなるまい。

だが、家の中は確かに「突然乗組員が消えた船」のようになっていたものの、何一つ乱れてはいなかった。何か荒っぽいことが、そこで起こったとは思えない。

唯一の懸念は、突然打ち切られた携帯電話の通話だが、あのときの万次郎の声は、いつになくヒソヒソ口調ではあったが、怯《おび》えたり、緊張する様子はなかったように思う。

(やはり、何か理由があって、唐突に家を出たとしか思えん。……その理由とやらを知りたいものだが、俺から連絡するのは業腹だ。京橋のほうは、茨木が連絡するだろう。俺がどうしたと訊ねる義理でもない。……とはいえ、どいつもこいつも!)

もうどうにでもなれという気分で、楢崎は昼寝に突入しようとしていた。しかし、もうすぐ図書館というところで、彼の携帯電話が白衣のポケットの中で震えた。

「！」

楢崎は即座に足を止め、ポケットから携帯電話を引っ張り出した。液晶画面に現れたのは、彼が愛想が尽きたと言いつつも本当は待ち焦がれていた、万次郎の名前である。

通話ボタンを押す指が微妙に震えているのは低血糖のせいだと心の中で言い張り、楢崎は廊下から人気《ひとけ》のない階段ホールへ引っ込み、携帯電話を耳に強く押し当てた。

『先生ッ？　うわあ、やっと声聞けた！』

いつもの、元気いっぱいの万次郎の声が、楢崎の鼓膜を震わせる。しゃがみ込みたい衝動をぐっと抑え、楢崎は壁にもたれかかって身体を支えた。

その口から飛び出す声は、まさに感情が爆発寸前の圧縮状態である。

「……お前、ただで済むとは思うなよ。携帯の通話はぶっちぎる、無断で家は空ける、野菜は出しっ放し。いったいどういう……」

『ゴメン！　ホントにゴメン！　今、定食屋なんだ。昼営業、一段落したとこ。……昨夜、どこにいるか言い損ねて悪かったよ』

声を聞いているだけなのに、片手を顔の前にかざし、必死でごめんなさいのポーズをしている万次郎がありありと想像できる。楢崎の顔は、怒りと苦笑が相まって、どうにもおかしな歪《ゆが》み方をしている。

「それでお前、昨夜はどこにいたんだ」

そう問うと、万次郎は即座にこう答えた。

『ほら、プラザホテル。K医大の近くの。あそこに泊まった』

「はあ？　なんだって、そんなところに……」

意外すぎる万次郎の答えに驚いた楢崎は、次の言葉でさらにビックリする羽目になった。

万次郎は、さらりとこう言ったのである。

『半分拉致《らち》されるみたいな感じで、俺、京橋先生の家出につきあってたんだよ』

「京橋の家出⁉　あいつ、昨夜、家を空けたというのは、家出だったのか⁉　いや、確かに茨木とケンカしたらしいことは聞いたが……家出……しかも、お前を連れてか！」

『うん。夜、先生、どうせ帰ってくるの遅いだろうから、のんびり明日用のカレーでも作ろう、ついでにキャベツ刻んで、朝ご飯用にコールスローの支度しようって思ってたら、突然京橋先生がうちに突撃してきてさあ』

「で、家出に誘われたと？」

『誘われたっていうより、「間坂君も騙されてたんだよ！　ここは断固、二人で抗議しよう！　家出だ！」って言って、ほとんど無理矢理、手ぶらで連れ出されちゃって。わけわかんないけど、なんだか様子がおかしいし、心配だからついてったんだ。ただ、なんとか先生に事情を知らせなきゃって思ったんだけど、先生、電話に出てくれないし、出たと思ったら、電話してるとこを京橋先生に見つかって、駄目じゃないかって通話を切られちゃった。ケータイも、朝まで没収されちゃったし』

「それが、あれか……」

『そう。仕方がないから連絡は諦めて、朝まで京橋先生の愚痴聞いて、慰めて、ちょっとだけ仮眠して、そんでお互い、仕事に行ったんだ。ホントはすぐに電話したかったんだけど、先生、朝はあれこれ忙しいっていつも言ってるから、午後になってからにしようと思って』

「くだ……ッ！」

くだらない気の遣い方などせず、一刻も早く無事を知らせないかと怒鳴りかけて、楢崎はぐっと言葉を呑み込んだ。そんなことを言ってしまっては、自分が万次郎の身を案じていたと知られてしまって、癪にも程がある。動揺が声に出ないよう、楢崎は深呼吸を一つしてから、再び口を開いた。

「とにかく、お前もチロも無事なんだな？」

『無事！　ただささ、京橋先生、茨木さんにはまだ相当怒ってるよ。ケータイの電源、今朝になってもずっと切ったままだったしね。……だけど、愚痴聞いてると、面白かった』

「面白かった？　愚痴が？」

『うん。最初は、茨木さんに裏切られた、俺は茨木さんを信じてたのに、茨木さんは俺を信用してなかった！　って怒ってたのに、だんだん話が変わってきてさ。俺がもっと、楢崎先輩みたいにしっかりしてたら、茨木さんだって、安心して俺を頼れたかもしれないのにって、自己嫌悪に変わっちゃってんの。京橋先生、マジで茨木さんのこと、大好きなんだね』

「……ほう」

『あっ、俺だって先生のこと好きだよっ！　昨夜、会えなくて死にそうだった！　昼前、弁当を売店に納品しに行ったときも、ホントは先生に会いに行きたかったよ。我慢したけど』

「当たり前だ。俺は午前中、外来診療しているんだぞ。診察室に押しかけられてたまるものか」

『あはは、そっか。あと、京橋先生にまだ言っちゃ駄目って言われてたから、売店で茨木さんにも会ったけど、何も言わなかった。死にそうな顔してて、ゾンビみたいな動きで、なんだか気の毒だったなあ。やっぱ、ちょっとくらいは教えてあげたほうがよかった？』

スピーカー越しに聞く万次郎の声は、楢崎に対する申し訳なさと、楢崎と連絡がついた喜びで、いつにも増して起伏が激しい。耳がキンキンしてきて、楢崎は携帯電話を軽く耳から離した。

「茨木は放っておけ。自業自得だ。で、チロは、今日は自宅に帰ると言っていたか？」

『うん。俺に一晩愚痴って、だいぶ気分が楽になったみたい。ちゃんと帰って、今度は茨木さんに一晩説教するって笑ってた』

「……そうか。あいつは正直な奴だから、笑っていたならもう大丈夫だな。お前も帰ってくるつもり……なのか？」

今度こそ叩き出してやると今朝は言っていたくせに、楢崎の問いかけには、イエスの答えを期待する響きがある。それに対して、万次郎も弾んだ声で即答した。

『もちろんだよ！　速攻帰って、美味しいカレーを仕上げるよ！』

「そうか。……じゃあな」

まだ何か万次郎は喋り続けていたが、楢崎はかまわず通話を打ち切った。片手に携帯電話を持ったまま、そして背中を壁につけたまま、身体から力が抜けるに任せて、ずるずるとその場にしゃがみ込む。

「よかった……。いや待て、何がよかっただ。言い間違えた。ふざけやがってが正解だ」

自分で自分の発言を訂正し、楢崎は、自分の膝の上に額を乗せ、肺がしぼむほど深い溜め息をついた。

昨夜の駒井との話し合い以来、ずっとキリキリに張りつめていた楢崎の緊張の糸は、京橋と万次郎が無事だと知り、さらに万次郎のいつもどおりの元気な声が聞けたことで、見事にぷっつり切れてしまった。

こんなふうに、全身から力が抜けて立ち上がれないなど、人生初の経験である。

「……くそっ。まんじの奴、帰ったら覚えておけよ……！」

負け惜しみにすらならない台詞と共に、楢崎は悔し紛れにリノリウムの床を拳で打ち、予想以上の痛みに悲鳴を上げたのだった……。

「あっ、おっかえりー！」

玄関扉を開けるなり、ドスドスという重い足音と共に聞こえる明るい声。そして弾けるような笑顔。

あまりにもいつもどおりに迎えられ、楢崎は帰宅早々、軽い眩暈《めまい》に襲われた。それが薄らぐにつれ、今度は昨夜以来の自分の心配が馬鹿馬鹿しくて、怒りが物凄い勢いでこみ上げてくる。

「……この、馬鹿ッ！」

靴を脱いで上がり框《がまち》に立った瞬間、楢崎はゲンコツを固め、万次郎の頭を思い切り小突いた。

「あだっ！　ご、ごめんよう」

いきなりの襲撃に、本気で痛そうに頭をさすりながらも、万次郎は満面の笑みである。

「えへへ、二日分のおかえりだよ、先生。寂しい思いをさせて、ごめんね」

まるで小さな子供を宥めるように謝られ、楢崎はますます腹を立てる。

「うるさい！　誰が寂しい思いなどするか！　お前がいなくなって、せいせいしていたんだぞ！　ベッドだってゆったり……」

「使ってなかった感じだけど？」

「うっ」

「先生、寝相あんまよくないから、布団いっぱい撥《は》ねるのに、寝室見たら、ちょこっと寝てみた、くらいしか乱れてなかった。その代わり、ソファーの毛布がグチャグチャに」

「ううっ……」

「昨夜、ソファーで寝ながら、俺のこと待っててくれた……んだよね？」

「ううう」

図星を滅多打ちに指されて、楢崎の普段はクールそのものの顔が引き歪み、真っ赤に染まる。

「ううううるさいっ！　黙れ！　お前という奴は、またしても一晩勝手に家を空けた挙げ句、しれっと帰ってきやがって！　しかもいけしゃあしゃあと家じゅうにカレーの匂いなど充満させて、なんのつもりだッ！」

そんな怒号と共にリビングへと勢いよく突き飛ばされ、ラグの上に尻餅《しりもち》をつきながら、万次郎は困り顔で笑った。

「いたたた、お尻打っちゃったよ。……ってか、いけしゃあしゃあとカレーの匂いって」

「前に無断外泊したとき、二度目はないと約束したはずだろう！　カレーごときで、この俺がごまかされるとでも思ったかッ」

傍から見たら笑わざるを得ないやり取りなのだが、当の楢崎は、本気で激怒している。万次郎の呑気な様子が、自分ひとりがいたずらにあたふたさせられたようで、余計に彼の怒りに油を注ぐ結果となったのだ。

だが万次郎のほうは、楢崎が怒っているのがむしろ嬉しくて仕方がない様子を隠しきれないまま、もさもさと正座した。どうしても笑ってしまう顔を引き締め、床に両手をついて、ガバッと頭を下げる。

「なっ……」

「ごめん！　確かに、京橋先生が心配で、つい外泊しちゃったとはいえ、先生との約束を破ったのは確かだもん。ごめんなさい！」

「…………」

「……追い出す、とか、言う？　また、出てけとか……言われちゃうのかな」

いかにも怖々と視線を上げ、万次郎は、楢崎の顔を神妙な面持ちで見つめる。その、反省しきりの忠犬のような姿に、鬼の形相のまま、楢崎はリビングの入り口で硬直した。

「先生？」

なおも呼びかけられ、楢崎は、持ったままだった鞄《かばん》を、床に叩きつけた。その勢いのままで万次郎に突進したかと思うと、渾身《こんしん》のキックを、万次郎の胸にお見舞いした。

「うぐッ！　さ、さすがに……きいた……！」

いくら頑丈を絵に描いたような万次郎でも、そして男にしてはさほどマッチョではない楢崎とはいっても、成人男性の本気の蹴りである。万次郎は再び尻餅をつき、両手で蹴られた胸骨のあたりを抑えて、顔をしかめた。ただ、呻きつつも、その顔はどこまでも笑ってしまっている。

一方の楢崎は、キック一発で怒りのエネルギーを使い果たしたのか、そのまま床に頽《くずお》れた。乱れた髪やずれた眼鏡を直すこともせず、ただ刺すような目で万次郎を睨みつける。

「なんなんだ、お前は！　こっちが真剣に怒っているのに、ヘラヘラ笑いやがって。追い出す？　ふざけるな！」

床を平手で叩き、楢崎は駄々っ子のように怒鳴った。

「だいたい、お前が一晩家を空けただけで、俺が昨夜からどれだけ不自由したと思ってる！風呂は沸いていたが、パジャマは出ていない。風呂上がりに冷たい水が出てこない、酒を飲んでもつまみが出ない、寝ようと思ったら布団が妙に冷たい、朝起きても朝食はないし、着替えも用意されていないし、靴も磨いていない！　ハンカチとティッシュも……」

「……先生……えっと、それ、なんか前もいっぺん似たようなことを聞いた気が……」

「黙れ！　こんな生活はまっぴらだ！　誰が追い出してなんかやるか！　これまで以上に、甲斐甲斐しく働け！　あ……あ？　いや、俺は何を言って……」

「え？　え、えへへへ……喜んでっ！」

激情のままに吐き出した言葉に自ら混乱する楢崎に、万次郎はますます幸せそうな顔で笑い崩れていく。そして万次郎は、大きく腕を広げた。

「ごめんね、先生」

その太陽のような笑顔と、いささか広すぎる胸に誘われるように……そして電池が切れたように、楢崎はガックリ項垂《うなだ》れたまま、万次郎のほうにゆらりと上体を傾ける。

「おっと、うわわわ！」

万次郎は、倒れ込んできた楢崎をしっかりと抱きしめようとしたが、容赦なく全体重をかけられ、そのままひっくり返る。後頭部を床にぶつけてボスッと鈍い音がしたが、毛足の長いラグのおかげで、今度は呻かずに済む。

「あははは、先生、前に俺が家出したときも、こんな感じだったね」

ラッコのように、自分の身体の上に楢崎を乗せたまま、万次郎は、楢崎のシャープな頬を両手で挟み込んだ。

「……畜生……ッ」

夜叉《やしゃ》のような凶相で、それでも楢崎は、万次郎の上からどこうとはしない。激怒したせいか、服越しに感じる彼の体温は、いつもより少し高かった。

そんな楢崎の顔からヒョイと眼鏡を取り、安全な場所に置いた万次郎は、まだ十分すぎるほど怒っている楢崎の綺麗な顔を見つめながら、しみじみと言った。

「俺ね、京橋先生がなんで怒ってるか聞いて、気の毒だなあって思ったけど、でもホントは、話を打ち切って、先生んとこに帰りたくて仕方なかった」

「……だがお前は、俺に不自由をさせて、チロの相手をするほうを取ったわけだ」

どう考えても拗ねているとしか思えない台詞を口にして、楢崎はそっぽを向く。だが万次郎は、半ば力業で、楢崎の顔を無理矢理自分に向け直した。

「だって、今回の件で、京橋先生が怒ったり愚痴ったりできるの、俺だけだもん。それに、京橋先生は、楢崎先生にとっては大事な弟分だろ？　だから、ほっとけなかった」

「……俺の弟分だから、か？」

「うん。そうじゃなかったら、いくら京橋先生でも、先生に連絡させてもらえなかった時点で、俺、怒るよ」

「…………」

万次郎が昨夜、京橋につきあったのは、突きつめていえば自分のためだと知って、楢崎の顔が、再び微妙に歪んでいく。万次郎は、そんな楢崎の微妙な心の動きには気づかぬ様子で、真っ正直に言った。

「前んときも思ったけど、たった一晩離れただけで、先生のこと心配で心配で仕方なかった。やっぱ俺、先生のこと死ぬほど好きなんだなって実感したよ」

「……うるさい」

さっきよりはずっとささやかなボリュームでそう言い、楢崎は悔し紛れに、万次郎の鼻をムギュッとつまんだ。

「い、いひゃい」

「お前は……怒らなかったのか」

「へ？」

楢崎は、いささか乱暴に万次郎の鼻から手を離し、厳しい口調で問い質した。

「京橋の話を聞いて、だ。俺とて、今回のことは、お前に何も話していなかった」

「うん、そうだね。怒った京橋先生にあれこれ説明されて、ああそんなことになってたんだってわかったくらいだもん。それが？」

万次郎は、むしろキョトンとした顔で楢崎を見る。楢崎は、言い様のない苛立ちが、再び腹の底からふつふつと湧き上がるのを感じながら、刺々《とげとげ》しい声で問いを重ねた。

「お前は、それで平気なのか？　京橋から話を聞いて、一緒になって腹を立てたりはしなかったのか、と」

すると万次郎は、あっさりとかぶりを振った。

「しなかったよ、そんなの」

本来ならばその返答にホッとすべきところ、自分でも理解できないイライラを募らせながら、楢崎は尖った声を上げた。

「なぜだ！」

厳しい問いかけに、万次郎はやはり気のいい笑顔のままで答えた。

「なぜって……だって、茨木さんと京橋先生は、製薬会社の人とお医者さんだから、仕事の話も普通に通じるんだろ？　もしかしたら、楢崎先生ほどじゃないにせよ、協力できたことがあるかもしれないんだし」

「それは……まあ、そうだな」

「だから、言ってくれたら理解できたのにって腹を立てる気持ちもわかるよ。でも俺は、料理のことしかわかんないもん。たとえ先生が今回のことを話してくれてたって、俺には全然なんのことかわかんなかったと思う。それに、お医者さんには……ええとなんだっけ……しゅ……しゅ、しゅしゅ……？」

「……もしや、守秘義務のことか？」

楢崎の助け船に、万次郎はポンと手を打つ。

「それそれ！　それがあるんだろ？　だから俺、先生が俺に何も言わなかったの、正解だと思うし、気が合わない茨木さんの頼みなのに、すっげえ真面目に取り組んでて、さすが先生だって思った！」

「おだてても何も出んぞ」

十歳近く年下の万次郎に褒められ、楢崎は照れ臭さに顔をしかめた。しかし万次郎は、ゆったりと楢崎を抱いたまま、眉をハの字にした。

「俺はそれより……あ、いや、怒ったってわけじゃないけど、こないだの先生の言葉のほうがショックだった」

「この間の俺の言葉？　なんのことだ？」

訝しげな楢崎に、万次郎はほんの少し沈んだ声で答える。

「ほら、俺がマスター夫婦に店を継がないかって言われた話、しただろ？」

「……ああ」

「あのとき先生、俺が何かアドバイスがほしいって言ったとき、なんて言ったか憶《おぼ》えてる？」

楢崎は、万次郎の顔を見下ろしつつ、曖昧に頷く。

「別に、俺が言うことはないと言ったんじゃなかったか？」

すると万次郎の、楢崎の腰に回した手に、ぐっと力がこもった。

「そう！　先生、『言うことなど、何もない。それについて、俺が口を挟む必要などないだろう』って言ったんだよ。……必要ないって、どういうことなんだろって、俺、ずっと考えてた。俺はただの居候で、先生の人生にはなんの関係もないから、俺がどうしようと、先生が気にする必要はないって……そういうことなのかと思ったら、すっげえ凹《へこ》んじゃって」

そのときの気持ちを思い出したのか、万次郎のギョロ目に、みるみる涙が盛り上がる。ギヨッとした顔でそれを見ながら、楢崎はさっきまでの怒りっぷりが嘘のように間抜けな声を出した。

「……は？」

万次郎も、「そのとおりだ」と言うとばかり思った楢崎が、むしろ呆気にとられている様子なのを見て、途方に暮れた様子で口を開いた。

「いや、あの、え？　違うの？　あれは、俺のことどうでもいいって言ったんじゃないの？」

すると、ようやく万次郎の言葉を理解した楢崎は、みるみる険しい顔になった。眉間どころか、すっと通った鼻筋にまで不機嫌な皺を寄せた。

「阿呆《あほう》！　人の言葉を勝手に悪く解釈するとは、なんという不心得者だっ！」

「へ？　悪く……って、マジで違うの？　ひゃっ」

完全にポカンとしてしまっている万次郎のTシャツの襟首を、布地がビロビロになるほど強く摑み、楢崎は鼻先に嚙みつかんばかりの剣幕でまくし立てた。

「俺が、『俺が口を挟む必要はない』と言ったのは、お前の心がもう決まっていたからだ」

「えっ？」

楢崎は、眼鏡を奪われたせいで目を細めざるを得ず、恐ろしく凶悪な顔でツケツケと言った。

「お前は料理が好きで、料理のためなら、勉強でも努力でも苦にならないとそう言った。他にやりたいことも思いつかないとも言った。定食屋のマスター夫婦のことも、親のように思っていると。……ならば、選ぶべき道を、お前はもう知っているということだ。俺がそれ以上何かを言う必要が、どこにある？」

「あ……」

「どこからどう聞いても、誤解のしようのない言葉だったと思うんだがな。まったくお前という奴は」

「ああああああああ」

今度は、万次郎が百面相をする番である。奇声を発しながら、顔を赤くしたり青くしたりした挙げ句、とうとう、楢崎をしっかり抱きしめたまま、ゴロンゴロンと床を転がり始めた。

慌てたのは楢崎である。

「お、おいっ、よせ、重い、潰れる！　まんじっ」

いきおい、ずっしりと万次郎の体重をかけられて、楢崎は悲鳴に似た抗議の声を上げる。

しかしそれを無視して二回転半したところで……つまり、楢崎を組み敷いた状態で、万次郎はピタリと動きを止めた。ぜえはあ言っている楢崎の乱れた髪を後ろに撫でつけ、愛おしげに楢崎を見つめる。

「俺、馬鹿だった……！　いや、いつも馬鹿だけど、そのことについては、いつもの百倍くらい馬鹿だった！　ごめんね、先生。それって先生は、俺自身より、俺のことわかってくれてるってことだよね！」

「う、うう？　そういう、ことに……なるのか？」

「なるよっ！　うわあ、もう感動した！　胸どころか、身体じゅうパンパンになるくらい、先生大好きの気持ちがっ！　大波みたいにぶわって来たっ！」

まさに感極まったという表情の万次郎の、まさに問題の場所が、自分の腿の上で存在感をみるみる発揮し始めたのに気づき、楢崎は再び眉をひそめる。

「……お前の『大好きの気持ち』とやらは、下半身直結か！」

「そうだよ？」

万次郎は、けろりと答え、楢崎のへの字に引き結んだ唇に、音を立ててキスした。

「もう、超盛り上がっちゃってるんだけど、俺。……あの、あのあの、先生が嫌じゃなかったらさ……えっと、平日、だけど……さあ」

「…………」

楢崎は、ますます唇をひん曲げた。彼自身は死んでも認めないだろうが、こと万次郎に関しては、若さゆえの勢いに押され、やたら流されがちである。今も、全身で自分を欲してくる万次郎に、ごく控えめに言って悪い気はしない、正確に言うなれば、かなりその気になってしまっている。

だが、「俺も」と言ってしまっては負けだと思っている楢崎は、実に尊大に言い放った。

「だったら、さっさと適当な場所に連れていけ！　ここは背中が痛い」

「わかったー！」

そんな大音声と共に、次の瞬間、楢崎の身体が宙に浮いたことは言うまでもない……。


「……おも、い」

そんな悪態さえ、乱れた息の合間では、睦言《むつごと》に等しい。

寝室のダブルベッドの上に楢崎を落とすと、万次郎は、それこそ猛然と挑みかかってきた。

ネクタイを引きちぎられるのではないかと、楢崎が危機感を覚えたほどである。

無論そんなことはなく、鼻息の荒さにそぐわない丁寧さで服を脱がされ、いつものように、綺麗だ綺麗だと絶賛されつつ、採寸でもしているのかと思うほどの丹念さで、全身をくまなく愛撫《あいぶ》される。

普段は大雑把な万次郎の手も、料理をするときと、楢崎に触れるときだけは、酷く繊細で優しい動きをする。

「ふふ、作りたての胡麻豆腐に触ってるみたい。すべすべだけど、弾力もあってさ」

そんな奇妙なたとえをして、楢崎の内腿に軽く歯を立て、万次郎は笑った。

「ッ……く、くだらんことを言っていないで……っ」

羞恥に耐えかねて、楢崎は万次郎のもじゃもじゃの髪を両手で掴んだ。そのまま、荒っぽく引っ張る。いくら照明を落としていても、目は徐々に暗がりに慣れていく。いくら同じ男の身体とはいえ、万次郎に自分の局所を見られていると思うと、さすがのクール・ビューティも平静ではいられない。

おまけに、さっきから黙々と太い指に後ろをほぐされ、シーツを引っ掴んで違和感とくすぶる快感に耐え続けるのも、そろそろ限界なのだ。放置されて久しいのに、さっき手で煽《あお》られた勢いのまま固くそそり立ち、雫《しずく》を滴らせているそこが、浅ましくていたたまれない。

「……いい？　だいぶローション馴染んだと思うけど、俺、今日、相当ジャンボかも。……先生が、俺のことわかってくれてるって思っただけで、嬉しくてフルチャージになっちゃって」

万次郎は、楢崎の後ろから、ローションに濡れそぼった指を引き抜きながら、そんな自慢ともつかないことをサラリと口にする。確かに、楢崎が触ってもいないのに、薄闇の中で、万次郎のそれは、ギョッとするほど猛々《たけだけ》しいシルエットを浮かび上がらせている。

「…………ッ、余計なことをベラベラ喋らなくていいっ！」

それが自分の中におさめられるかと思うと、興奮と恐怖が同時に押し寄せてくる。たじろぐのは男として腹立たしいので、楢崎はすらりと伸びた脚で、万次郎のガッシリした腰を挟みつけた。

「わかった。……じゃ、痛かったら言ってね？」

衝動を抑えているのが明らかな掠れ声でそう言い、万次郎は楢崎の足首を掴んだ。両膝をたくましい肩に担ぎ上げ、さっきまで指をくわえ込んでいた場所を露《あら》わにする。

「……ふっ……」

押し当てられたものの熱さに、楢崎はつい、息を詰めてしまう。そんな楢崎の無駄な肉など一欠片もついていない脇腹を手のひらで撫で、万次郎は身を屈《かが》めて囁いた。

「ゆっくりするから、力入れないで」

「簡単に言うな！」

「ゴメン」

クスッと笑って楢崎の頬にキスを落とすと、万次郎は、片手で自分の楔《くさび》を支えながら、できうる限りゆっくりと、それを楢崎の体内に挿《さ》し入れた。

「……きつ……っ」

想像以上の締めつけに、万次郎は息を詰め、呻いた。決して拒んでいるわけではないが、やはり男の身体は生理的に受け入れるようにはできていないのだ。

「ご……ごめん、ね」

しかし、太い眉をきつくひそめ、乱暴に貫いてしまいたいのをグッとこらえるその苦しげな表情や、力強く楢崎を包み込む胸。そしてキスや愛撫で常に楢崎を労《いたわ》ろうとする万次郎の健気さに、結局いつも、楢崎はほだされてしまう。諦めと受容の念が相まって、楢崎の全身からゆっくりと力が抜けていく。

「先生……好き、俺、先生のこと、大好き」

まるで魔法の呪文《じゆもん》のようにそう繰り返しながら、宝物を探すように、万次郎はゆっくりと楢崎の身体を開く。圧倒的な熱と質量に、楢崎は、内臓がせり上がるような感覚に耐えた。

「……わかってる……くっ、う……はぁ」

身体のいちばん深い場所が、万次郎の熱で埋め尽くされる。そのことに、今は屈辱ではなく、充足感を覚える。楢崎は掠れた吐息を漏らした。

「……平気？」

うっすら汗の滲む楢崎の額にキスして、万次郎は心配そうに問いかけてくる。答える代わりに、楢崎は万次郎の広い背中に腕を回した。そのまま、グイと引き寄せ、自分から唇へのキスを仕掛ける。

「ふ……ん、ん、ううっ、う」

上体を折り曲げるようにしてキスを続けながら、万次郎はゆっくりと抽挿《ちゆうそう》を始めた。まさに命そのものの熱さに、楢崎のいつもはひんやりした白い身体も、うっすら上気していく。

万次郎のセックスは、いつもお決まりのパターンを辿る。神聖な儀式のようなキスから始まり、彫像を磨きでもしているように全身に触れ、そして駆け引きも何もなく、ただがむし

やらに身体を繋ぐ。

稚拙なまでのストレートな行為が、女性と遊び慣れた楢崎には逆に新鮮で、胸に迫る。行為の間じゅう、溢《あふ》れる思いを「好きだ」という言葉で伝えられ、そのひたむきな愛情が、ずっと凍てついたままだった楢崎の心をも、いつしか熱くしてしまうのだ。

「……うっ、く、まんじ……っ、いい、から……っ」

もっと強く突けと言う代わりに、楢崎は万次郎の背中に爪を立てた。彼の意図を野生の勘で察したのか、万次郎の突き上げは、途端に激しくなる。

荒い息づかいに、滴る汗。楢崎の身体の奥で、万次郎がひときわ大きさを増した。互いの削《そ》げた腹に挟まれ、擦られる楢崎もまた、限界を射程内に捉《とら》えていた。

「まんじ……っ」

楢崎は、決して「好きだ」とは言わない。言ってしまえば、万次郎を恋人と認めることになる。それは、楢崎の頑固なプライドが許さないのだ。

だが、互いに素肌を合わせているこのときだけは、厚い殻を破り、楢崎の本当の想《おも》いがこぼれ出す。切なげに自分の名を呼ぶ楢崎を、万次郎はひときわ強く突き上げ、感極まった様子できつく抱きすくめた。

「あっ……！」

与えられた強すぎる刺激に、楢崎は踏みとどまる余裕もなく、達してしまった。ドクドクと情欲の証《あかし》を吐き出しながら、楢崎の身体は、万次郎をきつく食いしめ、引き絞る。

「くっ、あ、は……っ！」

万次郎の腰が、ビクンと大きく震えた。楢崎の体内で、万次郎は弾け、硬直し……そして、がっくりと弛緩《しかん》する。ずっしりと重く湿った万次郎を全身で受け止め、楢崎はまだ息を弾ませながら、そっと目を閉じた……。


「ねえ。京橋先生と茨木さん、仲直りしたかなあ」

事後の気怠《けだる》さを互いにベッドの中で味わいながら、万次郎はふと呟いた。万次郎の太い腕に頭を預け、楢崎は投げやりに言葉を返す。

「どうせ、奴らも似たり寄ったりの状況だろう。あいつらのは、いわゆる痴話ゲンカだ。お互いに気を遣い合った挙げ句、すれ違って揉めるなど、馬鹿馬鹿しいにも程がある」

そんな楢崎の言葉に、万次郎はあっけらかんと笑った。

「いいじゃん。二人とも、相手のことが大好きな証拠だもん。すったもんだあっても、きっと今はハッピーだよね」

「……ああ。巻き込まれて、こっちはとんだ迷惑だ。おかげで疲れ果てた」

そう吐き捨てて、楢崎は目をつぶる。今夜は珍しくこのまま休むのかと、万次郎は楢崎の裸の胸に、しっかりと布団を着せかけてやる。

しばらくの沈黙の後、目を閉じたまま、楢崎は眠そうな声でボソボソと言った。

「……俺が医者になった頃、お世話になった先輩医師がいた」

「え？　あ、う、うん」

「俺は生意気盛りで世間知らずの研修医で……実力もないのに、医者になるのは金儲けのためだと、平気で口にするような馬鹿だった」

「……うん」

唐突に始まった昔話に内心首を傾げながらも、自分の知らない楢崎の姿を知るのは嬉しい。万次郎は、余計な問いを挟まず、ただ短い相槌を打った。

「人格を全否定されても文句は言えまい。だがその先輩は、いいんじゃないか、と笑った」

「笑ったの？　金儲けのために医者になっちゃってもいいって？」

「目的はなんでもいい。どんなに利己的でもかまわない。ただ、金儲けをしようと思えば、患者の評判がよくなくてはいけない。そのためには、医者としての腕が必要だ」

「あ、なるほど！」

「また、腕だけあっても駄目だ。医者はひとりで診療を行うことはできないから、同僚や、スタッフに人望がなくてはならない。自分にはひたすら厳しく、他人には厳しく甘く。人一倍努力し、人一倍、他人に気を配る。そんな医者が、金儲けのできる医者だぞ。お前はそれを目指すと公言してるんだ。素晴らしいじゃないか……その先輩は、笑ってそう言った」

「う……うわあ。すごいポジティブ！　びっくりした」

「俺も、当時は驚いた。だが、本当にそのとおりに努力したら、人望も金もついてきた。まだまだ途中ではあるが、ある程度の実績は上げたと思う」

謙虚と尊大が混じり合ったような楢崎の自己評価に、万次郎は笑って頷く。

「先生は、十分凄いよ。でも、立派な人なんだね、その先輩。今は？」

「今も、同じ職場にいる」

「そうなんだ！」

「ああ。……だが、たぶん近いうちに、彼は職場を去るだろう。彼ならそうするはずだ」

楢崎の声には、苦い悲しみが滲んでいた。万次郎は、躊躇いながらも問いかける。

「それ……その、今度のことに関係ある人？」

だが、楢崎はその問いを答えないことで肯定し、そのまま話を続けた。

「その先輩に、言われたんだ。誰より大切な、近しい人が病に倒れたら、たとえ法を犯してでも助けたいと思わないかと」

いきなりの深刻な話題に、万次郎は闇の中で目を丸くする。だが、次に楢崎が低い声で発した言葉に、万次郎はさらに仰天することになった。

「そのとき、不覚にもお前の顔が浮かんだ。殺しても死にそうにないお前が、重い病気で唸《うな》っていたら、俺はどうするだろう……と考えた」

「！」

もし寝室が明るければ、万次郎の髪の毛がライオンのたてがみのように瞬時に逆立ったのが、楢崎にも見えたことだろう。だが、幸か不幸か、万次郎の驚愕ぶりを知らない楢崎は、淡々と言葉を継いだ。

「お前を助けるために、俺はきっと、あらゆる手立てを探るだろう。それが合法だろうと非合法だろうと、お前がまた、無駄に元気になるならば……。我ながら信じられんが、確かにそう思った」

「先生……それ、それってもしかして」

万次郎の声は、情けないほど震えている。楢崎も、ついセンチメンタルなことを口走ったことを悔やんだのか、ふいと寝返りを打ち、万次郎に背中を向けた。

「くだらんことを言った。忘れろ。俺はもう寝る」

だが万次郎は諦めきれず、楢崎の肩に手をかける。

「だけど先生、それって、俺のこと、凄く大事に思ってくれてるって……」

「うるさい！」

照れ臭さに耐えかねて、楢崎は万次郎の手を払いのけ、ガバリと頭のてっぺんまで布団を引き被《かぶ》ってしまう。それにかまわず、万次郎は布団ごと、背後から楢崎を抱きしめた。離せ、と布団の中からくぐもった顔がしたが、万次郎は少しも腕を緩めず、姿の見えない楢崎に、温かな声で囁いた。

「大丈夫だよ。俺、先生に絶対そんなことさせない。ずっと元気で、ずっと先生の傍にいて、世話焼きまくるから。安心して！」

『……誰も心配なんかしていない』

ムキになって言い返しつつも、楢崎は、おとなしく万次郎に抱きすくめられたままでいる。

「うん。心配いらないよ。……先生、もし腹が減って目が覚めたら、カレー食べようね」

うう、だか、ああ、だかわからない曖昧な返事をして、それきり楢崎は沈黙する。しばらくして、万次郎はわずかに腕を緩め、掛け布団をそろそろと下ろしてみた。

「………」

案の定、楢崎はグッスリ眠り込んでいる。

やけに穏やかなその寝顔をしばらく眺めてから、万次郎も、緩く楢崎を抱いたまま横たわった。目の前の白いうなじに触れるだけのキスをして、目を閉じる。

「おやすみ、先生」

きっと数時間後、楢崎はいつもの横柄な態度で、「腹が減った！」と万次郎を叩き起こすことだろう。そうしたら、夜食にふさわしい小さなポーションのカレーと、キリッと冷えたコールスローを二人で食べよう。

そんなささやかな楽しみを胸に、万次郎は幸せな眠りに落ちていった……。

あとがき

こんにちは、あるいははじめまして、椹野道流です。椹野の椹の字は「さわら」で変換すると話が早いよ、という豆知識をある方から教えていただき、ツイッターでなんとなく言ってみたところ、結構な反響でしたので、こちらでもちょいと書いてみました。諸々事情はあるのですが、ややこしいペンネームでご迷惑をおかけしております……。

そんな私も、今年は作家生活十五周年らしく、本当に、よくぞここまで続けさせていただけたことだと、歴代のイラストレーターさん、担当さんをはじめ、本作りにかかわってくださったすべての方々、そして書店さん、何より、支え、応援してくださった読者の皆様に、ただひたすら感謝しております。

ご恩はお仕事でお返しするしかないので、これまで以上に頑張ります。

というわけで、本作から、「茨木さんと京橋君」と「楢崎先生とまんじ君」が、メス花のスピンアウト繋がりということで、円満に合併いたしました。時に出番が多少するとは思いますが、どちらのカップルも等しく大事に、共存させたいと思っております。そして今回はちょっとした企画ものということで、プラチナ文庫の「医者と花屋シリーズ」、そして「きみのハートに効くサプリ」から、数名のキャラクターがちょろっと参戦しております。勿論、そちらは未読でもまったく支障はありませんし、読んでいただいていたら、さらに楽しめる……ようになっております。これを機に、あちらもご一読いただけたら、それに勝る幸せはありません。

最後に、イラストを担当してくださっている草間さかえさん。表紙に四人詰め込んでいただけたのを見て、物凄く嬉しかったです。なんだか四人家族みたいでした。担当のSさんもいつも淡々と励ましてくださって、ありがとうございます！そして勿論、この本を手に取ってくださった皆様にも、心からの感謝を。できるだけ早く、次の作品をお届けできるように頑張ります。それまでどうかお元気で！

椹野道流　九拝

本作品は書き下ろしです

椹野道流先生、草間さかえ先生へのお便り、
本作品に関するご意見、ご感想などは
〒101-8405
東京都千代田区三崎町2-18-11
二見書房　シャレード文庫
「楢崎先生んちと京橋君ち」係まで。

CHARADE BUNKO

楢《なら》崎《さき》先《せん》生《せい》んちと京《きょう》橋《ばし》君《くん》ち

【著者】椹野道流《ふしのみちる》

【発行所】株式会社二見書房
東京都千代田区三崎町2-18-11
電話　03(3515)2311［営業］
　　　03(3515)2314［編集］
振替　00170-4-2639
【印刷】株式会社堀内印刷所
【製本】ナショナル製本協同組合

落丁・乱丁本はお取り替えいたします。
定価は、カバーに表示してあります。

©Michiru Fushino 2012,Printed In Japan
ISBN978-4-576-12094-2

http://charade.futami.co.jp/

CHARADE BUNKO

スタイリッシュ&スウィートな男たちの恋満載
椹野道流の本

隠れS系売店員×純情耳鼻咽喉科医の院内ラブ♥

茨木さんと京橋君1

K医大附属病院の耳鼻咽喉科医・京橋は、病院の売店で働く茨木と親しくなる。茨木の笑顔に癒され、彼に会いたいと思う自分に戸惑う京橋だが…。

イラスト＝草間さかえ

二人の恋愛観に大きな溝が発覚…!? シリーズ第二弾!

茨木さんと京橋君2

職場の友人から恋人へと関係を深めた耳鼻咽喉科医の京橋と売店店長代理の茨木。穏やかな愛情に満たされていた京橋だが、茨木の秘密主義が気になり始め…。

イラスト＝草間さかえ

CHARADE BUNKO

スタイリッシュ&スウィートな男たちの恋満載

椹野道流の本

亭主関白受けとドMわんこ攻めの、究極のご奉仕愛！

楢崎先生とまんじ君

イラスト＝草間さかえ

万次郎が出会った、理想のパーツをすべて備えた内科医・楢崎。パーフェクトな外見に猫舌という可愛い弱点。知れば知るほど好きになっていく万次郎は、やっとの思いで彼と結ばれるのだが…。

ヘタレわんこ攻め万次郎の愛が試される第二弾！

楢崎先生とまんじ君2

イラスト＝草間さかえ

泣きながら押し倒させてもらった楢崎との夢の一夜から数ヶ月。万次郎は楢崎のマンションに強引に押しかけ同居。「恋人」とは呼べぬまま、それでも食事に洗濯、掃除と尽くす日々だったが…。

CHARADE BUNKO

スタイリッシュ&スウィートな男たちの恋満載

椹野道流の本

死ぬまで……いや、死んでも、お前だけやで

右手にメス、左手に花束シリーズ1~9

イラスト1・2＝加地佳鹿　3~5＝唯月一　6~9＝鳴海ゆき

一本気な仕事バカ・江南耕介としっかり者の永福篤臣は恋人同士。K医大で出会い、親友から恋人へ。うんざりするほどの山や谷を越え絆を深めた二人は、消化器外科医と法医学教室助手と、互いに忙しくも充実した日々を送っていたが…。　医者ものボーイズラブ決定版・大人気　〝メス花〟シリーズ！

CHARADE BUNKO

スタイリッシュ&スウィートな男たちの恋満載

椹野道流の本

近世ヨーロッパ風港町で巻き起こる事件と恋の嵐！

作る少年、食う男

イラスト＝金 ひかる

検死官・ウィルフレッドは孤児院出身の男娼、ハルに初めて知る感情、〝愛しさ〟を感じるようになるが…。

院長殺害容疑で逮捕された執事フライトの真意は…!?

執事の受難と旦那様の秘密〈上・下〉

イラスト＝金 ひかる

ウィルフレッドの助手兼恋人になり幸せを噛みしめるハル。そんな中、彼がいた孤児院の院長が殺害され…。

甘い新婚旅行が波乱続き——!?

新婚旅行と旦那様の憂鬱〈上・下〉

イラスト＝金 ひかる

ウィルフレッドとハルは、ついに永遠の伴侶に。厄介な仕事から逃れて新婚旅行へ！と思いきや……。

新人小説賞原稿募集

400字詰原稿用紙換算
180～200枚

募集作品 シャレードでは男の子同士、男性同士の恋愛をテーマにした読み切り作品を募集しています。優秀作は電子書店パピレスのＢＬ無料人気投票で電子配信し、人気作品は有料配信へと切り換え、書籍化いたします。

締　　切 毎月月末

審査結果発表 応募者全員に寸評を送付

応募規定 ＊400字程度のあらすじと下記規定事項を記入した応募用紙（原稿の一枚目にクリップなどでとめる）を添付してください ＊書式は縦書きで1ページあたり20字×20行か20字×40行 ＊原稿にはノンブルを打ってください ＊受付の都合上、一作品につき一つの封筒でご応募ください（原稿の返却はいたしませんのであらかじめコピーを取っておいてください）

規定事項 ＊本名（ふりがな）＊ペンネーム（ふりがな）＊年齢 ＊タイトル ＊400字詰換算の枚数 ＊住所（県名より記入）＊確実につながる電話番号、FAXの有無 ＊電子メールアドレス ＊本賞投稿回数(何回目か) ＊他誌投稿歴の有無（ある場合は誌名と成績） ＊商業誌経験（ある方のみ・誌名等）

受付できない作品 ＊編集が依頼した場合を除く手直し原稿 ＊規定外のページ数 ＊未完作品（シリーズもの等）＊他誌との二重投稿作品･商業誌で発表済みのもの

応募・お問い合わせはこちらまで

〒101-8405 東京都千代田区三崎町2-18-11
二見書房シャレード編集部　新人小説賞係
TEL 03-3515-2314

＊ くわしくはシャレードHPにて http://charade.futami.co.jp ＊